T0268190

UNA BAÑERA DE HOJAS SECAS

MARTA GONZÁLEZ NOVO

UNA BAÑERA DE HOJAS SECAS

PLAZA JANÉS

Papel certificado por el Forest Stewardship Council®

Primera edición: noviembre de 2023

© 2023, Marta González Novo
© 2023, Penguin Random House Grupo Editorial, S. A. U.
Travessera de Gràcia, 47-49. 08021 Barcelona
© Citas de las pp. 184 y 185 pertenecientes a *El acoso moral*, de Marie-France Hirigoyen.
Cedidas por Paidós, 2023.

Printed in Spain – Impreso en España

ISBN: 978-84-01-03227-1
Depósito legal: B-14747-2023

Compuesto en Mirakel Studio, S. L. U.

Impreso en Rodesa
Villatuerta (Navarra)

L032271

A mi abuela Concha Agustí, que no tuvo ni los medios, ni la salud, ni un entorno que pudiese protegerla. Por ella y por todas las mujeres que sufren y sufrirán violencia es este libro, una ficción basada en testimonios reales, construida tejiendo la realidad de decenas de mujeres con las que he tenido la oportunidad de conversar. Es la historia de Lidia, de Gema, de Myriam, de Paula, de Inma, de Marisa, de Araceli, de Raquel... y de miles y miles de mujeres.

Si la violencia no se frena, si no se le pone un espejo delator delante, va siempre a más. Nuestro silencio no nos protege.

Queda o que está escrito,
todo o demais non queda.

EMILIA PARDO BAZÁN

—Entonces, ¿soy víctima de violencia de género? —pregunté al final de aquel encuentro de casi cuatro horas.

—Exacto, Rebeca. Por eso ingresa en el recurso. Ahora queda otro largo camino por delante.

Con esa rotundidad lo certificó el equipo de profesionales de la Administración Pública que otorga el título habilitante de víctima de violencia de género. Un reconocimiento que evita, en un principio, abrir la dolorosa vía penal. Además, permite a las víctimas recibir el apoyo de los servicios sociales.

Me llamo Rebeca Agustí, tengo cuarenta y ocho años y hace doce meses que soy víctima de violencia de género, aunque el reconocimiento no me ha librado del esfuerzo psicológico de vencer los miedos de más de una década y subir las escaleras de los juzgados. Hace unos meses ni siquiera me atrevía a pronunciar la palabra denuncia.

—Rebeca, te has adelantado un año —me dijo Carla, mi psicóloga, la mujer que me ha acompañado todo este tiempo—. Las supervivientes, en caso de sobrevivir, soléis tardar unos ocho años y medio en conseguir armaros de valor para denunciar a vuestro maltratador.

He tenido que hacer mucha terapia durante mucho tiempo para dejar de culpabilizarme. La pregunta flagelante de cómo no supe verlo me ha perseguido. Siempre me he considerado una mujer con la psicología suficiente como para detectar conductas tóxicas a mi alrededor. Pero entonces no sabía y no pude desenmascararle. Ni el amor de los míos, ni el reconocimiento profesional, ni siquiera mi experiencia vital han podido protegerme de este depredador.

Hay un altísimo porcentaje de mujeres que se sienten incapaces de soportar tantos años de tortura psicológica y terminan enloqueciendo o suicidándose. A mí, esto último, también se me pasó por la cabeza. ¿Tiene la justicia las herramientas necesarias para protegernos?

Los expertos hablan de suicidio inducido, provocado. Es lo que desvelan las autopsias psicológicas, que, mediante el análisis de los escritos, los mensajes y las comunicaciones de la víctima, determinan la relación causal entre el maltrato machista y la autolisis. Según los últimos datos oficiales, la prevalencia de pensamientos suicidas entre las mujeres que han sido víctimas de violencia por parte de su pareja o expareja es cinco veces superior a aquellas que no lo han sufrido. Del 4,7 por ciento se dispara al 25,5 por ciento. Muchas mujeres piensan que en ese contexto de angustia, acoso, desesperanza y depresión el suicidio es la única salida.

Este libro narra la historia del drama que me ha tocado vivir. Pero también cuenta que es un pozo del que se puede salir. Son necesarios juezas y jueces formados, equipos psicosociales preparados y una fiscalía con la sensibilidad y la concienciación suficientes como para luchar contra una lacra que, muchas veces silente, nos rodea y nos mata.

Esta novela revela, además, cuáles son las herramientas que me han convertido en una superviviente. Necesito contar lo que he vivido por mí y por mi familia, y también para ayudar a otras mujeres maltratadas. Por aquellas que, aun no habiéndolo sido nunca, se embarcan sin saberlo en una relación sentimental con uno de estos personajes definidos en la *dark triad*, la triada oscura de la personalidad, como maquiavélicos, narcisistas y psicópatas.

Hoy soy capaz de escribir y de denunciar. Pero ha sido después de lograr salir de un pozo de años. De un pozo de culpas, de soledad, de silencio, de rabia y de mucho miedo. He tenido que construir una nueva Rebeca, de la que me siento orgullosa.

Esta es mi historia.

1

QUÍDAM

La verdadera patria de mujeres y hombres
es la infancia.

RAINER MARIA RILKE

Dos aromas me han salvado, dos fragancias que atesoro con pasión en mi retina olfativa: la intensa frescura de la hierbabuena que mi abuela gallega cultivaba en su casa de Madrid y que recogía con sus manos regordetas de campesina lucense de aladares nevados y el olor inolvidable de los pinos de la bahía de Alcudia que impregna cada verano de mi niñez. A su modo, a ambos les debo todo.

Mi infancia y su recuerdo me rescataron, sin duda, de los difíciles años de soledad y tristeza que vinieron más tarde. Una infancia que evoco con nostalgia, tal vez por esos juegos caprichosos de la memoria. Una niñez a caballo entre la disciplina estricta de un colegio del Opus Dei y los largos y felices veranos de mar, libros y arte.

—Educar con amor y disciplina es el mayor legado.
—Recuerdo haberle escuchado decir a mi padre.

Se lo conté a Carla, mi psicóloga, en su consulta, con el mismo tono solemne y convencido que empleaba mi padre cada vez que lo decía. Era un lunes de octubre frío en Madrid, y los últimos rayos de sol de la que para mí era la primera tarde del principio de mi vida jugueteaban entre los pliegues delicados de las cortinas blancas. A través de la luminosa y amplia cristalera del despacho de Carla, observé como ya habían empezado a otoñar algunos fresnos y varios álamos. Por primera vez, en la serena quietud de aquel octubre, noté que mi dolor empezaba a remitir y que de mis brazos se iban desprendiendo con la cadencia del otoño las hojas del sufrimiento, la rabia y el miedo.

—Entiendo la vida como un tiempo que nos ha sido regalado para aprender y crecer, y siempre he intentado sembrar lo mejor de mí a lo largo del camino. Por eso he querido narrar esta historia. Para ayudar a otras mujeres contando qué me salvó y cómo, y para terminar de salvarme a mí misma. Seguramente, sin el robusto asidero de mi infancia no habría sido capaz de continuar. Y hubo momentos muy difíciles, tú los conoces bien, en los que temí que me fallasen las fuerzas y las ganas de seguir viviendo.

A Carla la había conocido una década atrás, cuando llamé al seguro médico para que me recomendasen un buen terapeuta. La chica que me atendió por teléfono me dijo que tenía muy buenas referencias entre los pacientes, pero también una larga lista de espera. Me propuso los nombres de otros profesionales con los que podía darme cita antes, pero mi intuición me dijo que optase por esperar. Así lo hice. Mes y medio después entré en su consulta. Aunque al principio me resultó demasiado joven, salí de aquel primer encuentro de más de una hora convencida de que era la persona adecuada para ayudarme: había conseguido, sin que yo apenas me percatara de ello, que me abriese en canal sin pudor ni miedo.

—Rebeca, ahora sal al mundo y cuéntalo. —Carla esbozó una sonrisa tranquilizadora—. Ahí fuera hay muchas mujeres que están pasando por lo mismo, sufriéndolo en silencio. También las ayudarás a ellas. Te deseo lo mejor. Te lo mereces.

Esa misma noche empecé a escribir este libro sobre el quídam. Nunca antes había oído este término, pero durante mi proceso de sanación conocí a un especialista cervantino que me habló de él. Poco antes de recibir el alta en la consulta de Carla, me había apuntado a unos talleres literarios donde conocí a Pedro Saavedra, un intelectual inquieto versado en teatro y que pronto se convirtió en amigo íntimo y oyente atento de las primeras lecturas de esta novela.

—«Quídam» es un término de origen latino cuya segunda acepción se refiere a una persona despreciable de quien se omite o ignora su nombre. La traducción literal del latín es 'hombre sin cabeza'.

Lo dejó caer sin más, dando por hecho que el resto lo pondría yo. Él sabía que desde hacía meses le daba vueltas a qué nombre ponerle a aquel desgraciado, y, por fin, la magia prodigiosa de la literatura había vuelto a regalarme la respuesta. Realmente no necesitaba ningún nombre. «No es más que un quídam», me susurró bajito mi voz interior.

Y así me surgió quídam. Esa misma noche al regresar a casa y sentarme aún a oscuras a los pies de mi cama para descalzarme, lo vi claro. Ese era el término, la llave que abría la puerta al final de mi batalla. Hasta entonces yo había estado desarmada, desnuda, porque lo que no tiene nombre no se puede borrar. Se lo agradeceré siempre a aquel orfebre de la palabra que apareció en el momento oportuno para nombrar lo innombrable y, de paso, sellar con un título rotundo el primer capítulo de esta historia. Lectoras y lectores podrán nombrar a su propio quídam porque el maltrato psicológico no entiende de géneros, edades, posiciones económicas, estatus sociales ni titulaciones universitarias. El maltrato psicológico es trasversal.

A mi quídam lo conocí un mes de enero en París y en uno de esos lugares imposibles para la desconfianza. ¿Cómo mi receloso espíritu gallego iba a sospechar que la tortura de un maltrato psicológico podía iniciarse en un encuentro internacional de danza al que yo acudía invitada como bailarina de clásico español y él, como banquero y patrono de la prestigiosa fundación que promovía aquel evento cultural en el Théâtre des Étoiles? Una de esas pequeñas y delicadas joyas arquitectónicas francesas de butacones granates y pesados cortinajes. Un edificio magnífico construido en 1876 a los pies de Montmartre y desde el que se podía llegar caminando al espectacular neobarroco de la ópera de París. Aquel teatro olía a historia, la que durante años había estudiado en los libros, y aquel pensamiento emocionado me erizó la piel. Una ubicación perfecta en una ciudad perfecta para un perfecto depredador.

—Rebeca, *il reste cinq minutes.* —Tocaron con los nudillos en la puerta del camerino.

Era mi primera actuación internacional y estrenábamos una coreografía preciosa, compleja y elegante del *Fandango* del padre Soler, una de las joyas del clásico español. Me había formado con un esfuerzo enorme en el Real Conservatorio Profesional de Danza Mariemma.

—Admiro tu pasión por la danza, hija —me había dicho mi padre—, pero solo accederé a que te matricules en el conservatorio si me prometes que también estudiarás una carrera que te dé de comer. Es muy difícil hoy en día vivir de artes y bailes —zanjó, convencido.

Aunque yo sabía bien el esfuerzo que me iba a suponer, también comprendí su posición de padre protector. Y con veintitrés años, muy pocas horas de sueño y una emoción desbordante, me presenté en casa con dos títulos: el del Conservatorio de Danza y la licenciatura en Ciencias de la Información.

Poco más de una década después estaba en París, en el Théâtre des Étoiles, a punto de estrenarme en un escenario como primera bailarina. Había pasado la semana anterior en la localidad vallisoletana de Íscar repasando en el museo de Mariemma todas las coreografías e interpretaciones magistrales de palillos de aquella mítica bailarina y escuchando hipnotizada el piano del maestro Luzuriaga. Amaba la escuela bolera, las creaciones de Turina, Granados, Falla o Albéniz, y aquel enero iba a poder demostrar toda aquella pasión y esfuerzo sobre un escenario por primera vez fuera de España.

Cuando apenas faltaban unos minutos, tuve una de esas ausencias frecuentes en mí. Fue como si se hubiese detenido el tiempo y por mi cabeza desfilasen a velocidad de vértigo los recuerdos intensos de los últimos meses. Los recuerdos profesionales y también los sentimentales.

Desde el camerino escuché la voz del presentador de la gala:

—*Mesdames et messieurs, nous avons le plaisir de vous présenter…*

Mi pensamiento me traicionó en el último minuto antes de salir. Y, *voilá*, cual exquisito truco circense, apareció él. Su nombre, su voz susurrante, su forma poética de declamar, sus manos de pianista, su facilidad para la palabra y, sobre todo, su capacidad para convencerme cada vez que yo huía. Meses antes me había marchado de su casa de la calle Bomarzo con la intención definitiva de no regresar jamás. Me había ido otras veces, pero siempre terminaba volviendo. La última noche salí huyendo tras descubrir en su móvil una foto de su mujer. Siempre lo había sospechado, pero nunca quise ponerle palabras para no toparme con una realidad que, sin pedir permiso, la foto se encargó de estamparme en la cara. Para él la nuestra solo había sido una historia a escondidas de cuatro años y sin compromiso. Tardé en darme cuenta, pero cuando las evidencias me sepultaron ya no cupieron ni la locuacidad sosegada ni la verborrea literaria. Definitivamente me fui.

Ese último minuto antes de salir a escena mi pensamiento traicionero fue para él, pero también para una nueva vida que yo, feliz, divisaba en mi horizonte. Comenzaron a sonar los primeros compases del *Fandango* del padre Soler y, lento, empezó a alzarse el grueso telón granate en aquel París frío de un viernes de enero.

Cuando llevábamos poco más de diez minutos de actuación, percibí la intensidad implacable de una mirada desde la primera fila. Un hombre maduro, serio y trajeado me observada con vehemencia insistente y sin ánimo alguno de discreción. Le daba igual ser descubierto. Seguramente lo buscaba. Tampoco importaba si el resto del cuerpo de baile se esmeraba en piruetas, giros imposibles o el magnífico *pas de deux* del *Cascanueces* de Tchaikovsky. Aquel hombre inquietante de mirada felina solo tenía ojos para mí.

«No me gusta —pensé desde el escenario—. Menuda forma de mirar».

Había algo en él y en la impenetrabilidad de sus ojos que resonaba en la Rebeca que más de una década atrás había empezado a estudiar Ciencias de la información para no defraudar en casa. La mirada de aquel hombre tenía algo que ya había vislumbrado en un compañero de pupitre.

Cuando comenzó el estruendo de los aplausos al finalizar el *Fandango*, y mientras el felino seguía mirándome, recordé que a Mateo lo conocí con dieciocho años el primer día de carrera en la Universidad Autónoma de Madrid. Fue un recuerdo súbito del que me sacó el público, que nos hizo salir a saludar varias veces. Bajaba el telón, continuaban los aplausos, subía el telón. Volvía a bajar el telón, rugía el patio de butacas, volvía a subir el telón. Lo mismo ocurría con mis recuerdos.

—¡Viva la *mague* que te *paguió*! —gritó desde el patio de butacas un francés de castellano aceptable y acento mejorable. Todos nos echamos a reír.

Espectadores y elenco celebrábamos el éxito con alborozo, y el quídam seguía sin pestañear cada uno de mis movimientos sobre el escenario. A sus ojos yo parecía la única bailarina, y su mirada me volvió a generar inquietud.

El telón bajó definitivamente cuando el público se calmó y en la soledad de mi camerino, mientras me desvestía y me desmaquillaba, recordé los detalles de la historia que había vivido con Mateo. Una historia de la que afortunadamente salí indemne, pero cuyo trasfondo obsesivo me dejó un poso perturbador.

El primer día de clase en la Facultad de Ciencias de la Información, Mateo se sentó a mi izquierda y apenas cruzamos palabra durante la primera hora. Estábamos justo en la esquina de una larga mesa rectangular junto con otros alumnos. El aula era una sala amplia, luminosa, y de las paredes colgaban decenas de estanterías llenas de libros. «Buena señal —pensé—, con lo que me han fascinado siempre los libros».

—El periodismo es mi tercera opción en la vida —le confesaría a mi madre por la noche—, la danza y los libros siempre han estado por encima de todo. Creo, mamá, que encontraré la forma de canalizar estas pasiones a través de la comunicación.

Desde niña me fascinaron —a la par que la danza— las palabras, las rimas, las letras, las conjugaciones, todos los juegos posibles e imposibles a los que un vocablo era capaz de llevarme, la sonoridad de verbos como crepitar o recapitular, la felicidad de pronunciar con deleite términos como serendipia, arcadia o epifanía. Había amado siempre el infinito universo de la palabra y ese abanico de posibilidades que me tendía puentes mágicos a mundos increíbles. Igual que muchos médicos vocacionales quedan atrapados, como en un flechazo de amor, en la fascinación de la célula, yo vivía seducida por el poder y las posibilidades ilimitadas de la palabra.

Inmersa como estaba en estas reflexiones, apenas reparé en aquel joven estudiante. No era un muchacho especialmente atractivo, pero recuerdo que al primer golpe de vista su mirada me resultó turbadora.

—¿Algún voluntario para leer el primer artículo? —preguntó el profesor Oliaga, un periodista vasco que inició su carrera dirigiendo un pequeño periódico local en Vizcaya—. ¿Ningún voluntario? ¿Es este el curso de los vergonzosos? —insistió con ironía y ademanes rotundos.

Sonreí para mis adentros al verle gesticular. Oliaga no podía negar que era un vasco de generaciones y que en él no cabían ni dobleces ni sutilezas.

Por romper el hielo y la tensión que generó entre los estudiantes, levanté la mano y me pasó un artículo de opinión de un diario de tirada nacional. Después, en el intercambio de clases, Mateo se me acercó. Hablaba pausado, bajito y con cierta timidez.

—Tienes una voz preciosa. Has leído como una profesional. ¿Has hecho algún curso de locución? —me preguntó.

Lo observé atentamente. Recuerdo que la intensidad de su mirada azul casi trasparente me intranquilizó. Sí me gustaron, sin embargo, sus modos en apariencia tranquilos y caballerosos.

Al segundo día se ofreció a llevarme a casa en su moto.

—Rebeca, como ayer me contaste que madrugas mucho para las clases del conservatorio, si quieres te acerco a casa. Me pilla de paso —me sugirió quitándole importancia al ofrecimiento, como si se lo hubiese propuesto a cualquiera de las otras alumnas.

A partir de ahí nos hicimos inseparables. Yo veía en él a un compañero de clase con el que compartía apuntes, un muchacho que sentía la misma pasión que yo por la poesía y un colega con el que disfrutaba del mismo grupo de amigos. Y no veía en él nada más. Evité confusiones desde el inicio porque no quería malentendidos.

—No tengo ningún interés en tener pareja y ahora mismo no me gusta nadie —deslizaba con frecuencia—. Vivo consagrada a la danza y quiero demostrarle a mi padre que puedo sacarme las dos carreras a la vez. Así dejará que trabaje como bailarina profesional con la tranquilidad de tener otra formación universitaria.

Mateo asentía, pero nunca decía nada. Se pasaba el día haciéndome fotos con su Reflex o intentando también tomármelas *in fraganti*.

—Son para un trabajo de final de curso que estoy preparando —respondía cuando yo le preguntaba con extrañeza.

Antes de terminar el curso, Mateo anunció que se cambiaba de provincia y de facultad para estar más cerca de su familia. Todos lo entendimos, y yo sentí la pena de perder al único colega con el que compartía inquietudes poéticas.

Lo que pasó después nunca lo vi venir. Recibí en casa un libro que me resultó escalofriante. Recuerdo que abrí el paquete en la cocina delante de mi madre y de mi hermano. Los tres nos quedamos perplejos. Era un libro de más de cien páginas lleno de fotos mías en diferentes momentos. Entre foto y foto Mateo había escrito a mano reflexiones y poemas cargados de tragedia en los que flotaba la idea de la muerte. Había también dibujos e ilustraciones muy elaborados donde todo giraba en torno a ideaciones suicidas.

—Rebeca —me dijo mi hermano Tono—, voy a llamar a mi amigo Ángel, el policía, porque esto tiene que verlo un experto. Me parece muy preocupante.

No pude decirle que no porque fue también lo primero que yo pensé.

—Este chico lleva muchos meses escribiéndolo —nos dijo—, es un trabajo muy elaborado y hay partes, además, escritas bajo los efectos del alcohol o de alguna otra sustancia. Le recomendamos que mantenga la mayor distancia posible, haga contacto cero y corte todas las comunicaciones con él.

—¿No debería ponerle un «no quiero volver a saber nada de ti» o algo parecido para que entienda lo poco que me ha gustado este libro? —pregunté.

—No. Desaparezca. Aléjese y corte toda comunicación —sentenció convencido.

Así lo hice. Jamás volví a saber de él. Y un silencio misterioso se cernió sobre su recuerdo.

Esa noche, una década después, en el Théâtre des Étoiles de París, la mirada fría de Mateo regresó como un recuerdo difuso y veloz a mi vida. Creí vislumbrar algo de mi compañero de facultad en el banquero de la primera fila. Pero solo fue un escalofrío inicial que no tuvo más recorrido. Fui incapaz de definir aquella punzada de desasosiego que me generó su mirada; además, el paso de los años había terminado por desdibujar en mi memoria aquella extraña historia que preferí olvidar.

Carla escuchó con atención esta parte del relato. Ni siquiera se me habría ocurrido nunca resucitar de las memorias universitarias la figura de Mateo de no ser porque ella me había preguntado si había experimentado antes del espectáculo en el Théâtre des Étoiles esa misma sensación de desnudez, de exposición, de peligro.

—Qué importante es estar conectados con nuestra voz interior para dejar que se exprese libre y nos guíe correcto —me diría ella años después—. Entonces la silenciaste, pero es que entonces no sabías todo lo que hoy sabes.

Pasamos varias noches en París con motivo de aquel encuentro artístico y cultural. Para mí estaba siendo la experiencia profesional más importante y apasionante de mi vida. Todo me resultaba mágico y triste a la vez. Por fin, podía demostrarle a mi padre que era capaz de vivir de la danza y podía demostrárselo en una de las ciudades que él más amaba: París. Pero mi padre había muerto un año antes y no podía celebrar conmigo aquel triunfo que le debía a él y a su sentido estricto de la disciplina, que me había hecho despertarme cada mañana sabiendo que me había encomendado un reto apasionante al que dediqué años y en el que me dejé el sueño y la piel.

Tras la actuación del segundo día el quídam vino a verme al camerino.

—Buenas noches, Rebeca —me dijo con un tono educadísimo y una voz susurrante—. Me presento, soy el patrono que ha hecho posible este encuentro internacional de danza en París. Es usted una bailarina magnífica y capaz de transmitir una emoción inmensa a la par que domina la técnica de una forma magistral. Llevo dos días sobrecogido por sus interpretaciones de *La vida breve*, *Pepita Jiménez* y el *Fandango* del padre Soler. Me tiene a su disposición para cuanto necesite —concluyó con una sonrisa traviesa que me recordó al niño que debió ser.

Pensé que su mirada y su boca corrían caminos dispares. La inquietud que me generaban sus ojos quedaba desdibujada con el atractivo de su sonrisa infantil. «Es una cara incongruente —me dije—, pero me encanta su forma de sonreír». Así que dejé de mirarle a los ojos y centré toda mi atención en su boca. En su boca y en todo lo que dijo a partir de ese momento.

—¿Puedo invitarla a tomar algo? —preguntó con aparente inocencia y voz susurrante. Llevaba una blazer azul marino preciosa y moderna, con bolsillos de parche, y un pañuelo granate con diminutos lunares blancos. Tenía la piel clara, los ojos negros y un tupido cabello oscuro peinado sofisticadamente hacía atrás.

—Nunca salgo después del espectáculo. Madrugo mucho para los ensayos de la mañana y no me gusta trasnochar —respondí.

—Entonces, perfecto. Pero me dejará que la lleve con mi coche al hotel para que pueda irse a descansar temprano. Así la ayudo a ahorrar tiempo —sonrió pícaro.

Tenía que levantarme muy pronto y el transporte público tardaba demasiado. Además, nos habían reservado un hotel en el otro extremo de la ciudad. Como había hecho con Mateo en la universidad, acepté. A partir de ahí todo fue muy rápido. Hoy sé que preocupantemente rápido.

—Nunca he conocido a nadie como tú —repetía con frecuencia esos primeros días en los que aprovechaba los trayectos en su coche para escucharme con una atención inusitada.

Yo aún no lo sabía, pero estaba escrutándome al extremo para hacer una radiografía exacta de mis fortalezas y de mis debilidades, de mis fantasías y de mis sueños. Para ensalzarme primero y dejarme morir después. Y yo me abrí en canal sin ver en el horizonte el brillo afilado de su navaja. Si existe algo más embaucador y atractivo que sentirse deseado, es sin duda sentirse escuchado. El quídam lo hacía. Aprovechaba los silencios para dar oportunas puntadas, para animarme a continuar con mi relato, para enriquecer mi autobiografía no solicitada. Pero aquello estaba muy lejos de ser la atención de un hombre enamorado. El quídam sabía lo que hacía y sabía hacerlo metódicamente bien. En París cada mañana, al despertar, me encontraba un relato amoroso bajo la puerta de la habitación del hotel y después del desayuno me esperaba puntual con su coche para llevarme a los ensayos. Me recogía con milimétrica exactitud británica a la salida y asistía cada noche al espectáculo desde la primera fila. El plan estaba trazado. El espacio entre uno y otro era cada vez más corto.

En las escuelas y en las familias se debería hablar más sobre todo esto. Sobre qué es el amor, sobre cómo detectar patologías y sobre cómo protegernos de narcisistas y acosadores.

«No me dejes caer», me rogó tras el primer beso. Me lo repitió muchas veces. Se desnudó también con sus supuestas vulnerabilidades y supo cómo envolverse a mis ojos de una ternura infinita.

¿Cómo no enamorarse de un hombre tan aparentemente fabuloso, que encajaba a la perfección en el patrón que yo había imaginado (porque aquellos días representó el tipo de pareja que yo le dije que buscaba) y que desplegaba cada noche todos sus encantos para convencerme de que era el hombre de mi vida?

—Nunca nadie me ha amado así —le confesé a mi hermano una de las primeras veces que le llamé desde París para contárselo.

Fue imposible no enamorarse.

Ya en Madrid, solo unos meses después, me pidió que nos casáramos. También acepté. Me parecía tan increíble y tan bonito aquello que estaba viviendo. Tenía, además, la ilusión de ser madre y de casarme. La muerte de mi padre había sido un zarpazo tan descomunal en la familia que sentía que creando una propia podría revivir lo mejor de mi infancia y regalarles a mis hijos un tiempo igual de fabuloso.

Lo viví como si fuera algo mágico, del destino, y con tal nivel de intensidad que era imposible sospechar nada. Todo mi entorno se volcó. Algunos de los más íntimos, y hasta mi hermano, me decían: «Efectivamente, has encontrado al hombre de tu vida, Rebeca. Es amable, atento, generoso y culto. ¡Tenéis tanto en común!».

Solo una persona dudó, mi amiga Raquel. Una tarde soleada, pocas semanas antes de la boda, habíamos quedado a merendar en la Magdalena de Proust, una pastelería especializada en repostería francesa ecológica que se había convertido en mi rincón favorito para reuniones con amigos. Nos sentamos en la mesa del ventanal que daba a la estación de Atocha, al calor de unos cafés humeantes y un par de brioches esponjosos.

—Hay algo que no me gusta, Rebeca. Tengo la sensación de que intenta manipularte, cambiarte... No sé. Algo de su comportamiento me chirría.

Raquel era una de esas amigas de franqueza inusual que nunca se andaba con rodeos. Pero no le di importancia y simplemente lo achaqué a su carácter desconfiado.

—Raquel, a mí me parece un tipo increíble. Es serio, trabajador, y, sobre todo, noto que me ama. Quiere que nos casemos y formemos una familia, que es la ilusión de mi vida —repuse feliz.

Ella suspiró.

—Nada más conocerle me dijo que había cosas de ti que mejorar. Me dijo que tenías que aprender a cocinar, no ser tan metódica y ordenada y dejar de ser impuntual. Te prometo que me quedé perpleja porque no me parece normal que el día que le conozco me suelte algo así. Me sonó a control, a manipulación. Llámame desconfiada, pero algo en él no me gusta —me dijo con su sinceridad de siempre.

Respondí con una sonrisa y le quité importancia.

En primavera, cuando me pidió matrimonio, yo acudía a sesiones de coaching con Amanda en un piso del barrio de Chamberí. Nos conocíamos desde hacía varios años. Era una especialista en la que confiaba. Le conté lo de nuestros planes de boda y noté que, pese a que intentó disimular, se contrariaba.

—¿No crees que es precipitado, Rebeca? —preguntó.

También me sugirió, con mucha amabilidad y una sonrisa cómplice, hacerme una carta astral con Carolina, su hermana gemela. Como vio que la idea no me seducía, porque seguramente no quería escuchar nada que no fuesen palabras de entusiasmo, me pidió que lo aceptase como su regalo de boda.

Unos días después regresé a aquel piso de Chamberí para cumplir con mi cita y con el regalo de la carta astral. Carolina desplegó todos sus conocimientos ante mí y, como si fuese la mesa de un quirófano, desgranó con su bisturí del futuro lo que estaba por llegar.

—Es un astuto licántropo —afirmó contundente con una seguridad absoluta—. No te cases.

Escuché perpleja e incrédula aquel primer golpe de pronóstico.

—Te dice lo que quieres escuchar, nada más. Pero estás ante un manipulador sádico y narcisista —sentenció de una forma tan categórica que cuando su mirada profunda me atravesó los ojos tuve que girar la cabeza y mirar hacia otro lado. Respiré profundo.

Ella continuó detallando los pormenores de un futuro poco prometedor. Mientras la escuchaba, yo iba apuntando de forma casi mecánica todo lo que me decía. Seguramente, fijar la atención en escribir me ayudó a mantener la calma.

Aquellos meses yo vivía abducida por una especie de ilusión hipnótica que me impedía abrirme a ninguna otra realidad que no fuese la que yo había fijado inmutable en mi mente. A pesar del nudo en el estómago, reaccioné con serenidad.

—Gracias, Carolina, por el regalo —respondí con una tranquilidad forzada.

Sin más, me fui. Eso sí, guardé en la cartera el papel con todas las anotaciones. «Un licántropo manipulador», murmuré para mis adentros. Un hombre lobo. Un depredador.

En aquel momento, preferí olvidar. A Carolina le dije que no creía en aquellas prácticas porque parecían cosa de meigas, chamanes y brujas.

Era mentira.

Varios años y tres hijos después…

Todo lo que tienes me lo debes a mí. Sin mí no eres nada.
Nunca has sido nada. Tu padre tiró el dinero contigo
pagándote dos carreras porque no vas a quedar ni para
fregar los váteres del teatro. Tendrás suerte si te contratan
para eso.

Rebeca, que esa noche tampoco podía dormir, bloqueó
al quídam por WhatsApp. Dio igual. Él continuó escribiendo. Ahora por mensaje. Obsesivamente.

No has sido más que una muñeca que creía que danzaba
a mi sombra. Soy yo quien te ha mantenido, quien te
mantiene. Sin mi dinero eres menos que nada. De hecho,
nada va a salir como imaginaste. ¿En qué han quedado
las ínfulas y las piruetas de aquella primera bailarina que

conocí en París? En nada, que es lo que eres.

Un insignificante cero a la izquierda.

Apagó el móvil desesperada. Sentía una fragilidad extrema. Estaba extenuada. Su abogado, especializado en mediación, le pedía paciencia. Pero ahí ya no había nada que mediar. La depredación había empezado.

2

EL CHAMÁN
Y LA BAÑERA DE HOJAS SECAS

Venid a mí […] y así yo, que poseo hechizos
y poderes de los que no tenéis la menor idea,
os controlaré y os poseeré y os destruiré.

ANNE RICE

—¿Nos aventuramos por la selva como sugiere el guía? —preguntó César, un bailarín de la compañía.

Meses antes de que Carolina me regalara aquel estudio astrológico con la esperanza de que viera con él al licántropo camuflado con quien pensaba casarme, había estado de viaje en Panamá. Fuimos allí unos compañeros y yo por trabajo y, la única tarde que teníamos libre, el guía nos propuso conocer a los emberá, una de las tribus más importantes del país.

—He estado buscando información, y parece una visita fascinante —dijo César, tratando de convencerme, aunque yo ya había decidido que era una idea magnífica, un viaje al corazón étnico del país—. Navegaremos en canoa por el río Chagres más de una hora. Después nos recibirán los miembros de la tribu. Es una aventura fabulosa. Venga, anímate, Rebeca —insistió.

Los emberá tienen un asentamiento grande, a sesenta y cinco kilómetros al norte de la capital, en la cuenca del canal de Panamá. Ninguno de los bailarines habíamos conocido nunca una tribu indígena, así que abrazamos el plan con emoción. Los bosques húmedos del Chagres nos fascinaron a todos por su vegetación profunda y sobrecogedora. Árboles para los que no nos alcanzaba la vista y un follaje que le impedía el paso a cualquier rayo de luz. Una selva inabarcable que alberga y refugia una biodiversidad de más de novecientas especies de plantas. Por viajado que esté el visitante, la fascinación es inevitable.

—Estamos atravesando la épica —comentó el guía, Ricardo Ábrego, con un maravilloso acento seductor.

Siempre he odiado que se abuse de las palabras, así que no pude callarme.

—¿Por qué utiliza el término «épico»?

Se lo dije con educación, pero se lo dije. Ricardo Ábrego me miró sorprendido, sonrió y tardó unos segundos en responder mientras presumía de una dentadura perfecta, luminosa y cautivadora. Pese a todo, noté que se molestó.

—Digo épico porque aquí convergen una parte de vuestra historia y de nuestra historia. En esta selva están los cuarenta y ocho kilómetros que aún sobreviven del Camino Real —respondió empezando ya a torcer el gesto porque realmente se había sentido desautorizado, aunque nunca fue aquella mi intención—. Antes de que se construyera el canal, esta ruta colonial era la única forma de transportar el oro y la plata de costa a costa, es decir, justo por donde estamos navegando transitaban las expediciones de antaño —continuó subiendo el tono para demostrar conocimiento y contundencia—. Y esta experiencia está considerada por *National Geographic* como una de las mejores visitas de

América del Sur —remató cortante y dejando claro que mi comentario, pese a su brillante sonrisa inicial, le había resultado impertinente.

Aclarada la cuestión y disculpándome con la mirada, no volví a hacer preguntas. El guía prosiguió.

—Como digo, este épico —y lo remarcó para que me quedase bien claro— Parque Nacional Chagres cuenta con ciento veinticinco mil hectáreas y, sin un conocimiento profundo de esta red de intrincados canales y lagunas, son muchos los que se han perdido en las profundidades de esta selva.

No volví a hacer preguntas. Los otros bailarines tampoco. Nadie quería retar las malas pulgas de aquella sonrisa luminosa.

El resto del trayecto opté por disfrutar de la extraordinaria orquesta de músicos que conformaba aquella fauna de aves, insectos y mamíferos. Parecían una partitura ensayada. Ahí sí que encontraba la épica sin necesidad de explicación. Vi iguanas, águilas pescadoras y monos cariblancos. Pensaba con temor en los cocodrilos viajando como íbamos en canoa, pero ninguno dejó ver ni sus ojos punzantes ni sus dientes afilados. Mi cocodrilo aún tardaría unos meses en llegar.

—Guarden cualquier objeto que brille —nos advirtió el guía—. Estos monos de las ramas son juguetones y para ellos gafas, cámaras o móviles son un valioso tesoro. Si les quitan algo será imposible recuperarlo porque esta selva es impenetrable.

Metimos todo en las mochilas y las pusimos a buen recaudo bajo la tabla de madera del asiento de la canoa. No pude evitar también un cierto temor, sentía que éramos un blanco vulnerable que viajaba en una pequeña embarcación en medio de aquella selva inmensa y épica, como habría dicho nuestro guía. Me reí para mis adentros. La sensación se desvaneció cuando llegamos a la aldea.

Los emberá nos recibieron con una sonrisa sincera y una colorida fiesta tribal. Comimos con ellos en la cabaña grande del poblado. Nos obsequiaron con lo mejor que tenían: sus viandas para los días de fiesta, sus alegres y coloridas vestimentas y el sonido inconfundible de los tambores para acompañar sus danzas. Me animé tanto que hasta me atreví a salir con una de las mujeres indígenas para movernos a golpe de tambor y cadera.

Fue terapéutico poder liberar tensiones después de un viaje de trabajo agotador. Los movimientos rítmicos hicieron que me contagiase de la alegría sincera de aquellas mujeres que mientras bailaban porteaban a sus bebés a la espalda, sujetos con telas multicolores. Como fin de fiesta, nos ofrecieron a su chamán.

—¿Les gustaría conocerlo? —quiso saber el guía.

Su pregunta desató un baile de miradas cruzadas y risas nerviosas. Nadie de mi compañía quería hablar con chamanes. Solo yo pedí conocerle exultante como estaba por el frenesí de las danzas. Por eso, y por esa mitad gitana de mi alma andaluza que sí creía en arcanos, meigas y esoterismos.

—A mí sí —respondí. Y me acordé de Macondo y su patriarca. Acababa de terminar de leer por tercera vez *Cien años de soledad* y todo lo que tuviese que ver con experimentos alquimistas, quirománticos o videntes iluminados me fascinaba.

Me adentré en la selva con tal ilusión que, si nos hubiésemos cruzado con el fantasma de Aureliano Buendía, habría sido capaz de reconocerlo. Pero la ilusión empezó a transmutarse en inquietud a medida que me internaba en la espesura. Dos indígenas me conducían hasta la cabaña del chamán a través de un camino tortuoso que sola jamás habría podido atravesar. Conforme avanzábamos, el coro musical de aquella fauna que me había seducido al llegar empezó a amortiguarse.

—Manténgase pegada a nosotros. No se aleje en ningún momento. A veces, la selva también puede ser una trampa.

El silencio cada vez mayor me hizo sentir un escalofrío, y recordé también lo que había dicho el guía sobre la selva impenetrable. Mis compañeros se habían quedado en la cabaña grande y yo me había aventurado por la selva acompañada de dos indígenas desconocidos para aquel inesperado encuentro con un chamán.

—Toque la puerta tres veces y quédese aquí. Volveremos a buscarla.

Mis guías se dieron la vuelta rápido. Desaparecieron en la frondosidad. Sentí un segundo escalofrío y necesité hacer tres respiraciones profundas antes de tocar con los nudillos suavemente. Al poco, la puerta se abrió.

—Bienvenida.

Ante mí apareció un hombre de piel oscura y semblante serio, corpulento, de denso cabello largo y voz grave. Llevaba el torso descubierto. Debió notar mi inquietud, ya que, con mucha educación, me invitó a pasar y sentarme. Yo quería volver a ver aquella sonrisa luminosa del resto de su tribu, pero seguramente su estatus dentro del poblado le impedía comportarse con la alegría y la desinhibición del resto. Daba la sensación de ser serio y resolutivo. Me preguntó cuál era mi petición.

—Me gustaría casarme y ser madre —respondí, convencida. Tenía unas ganas enormes de crear una familia, pero el ritmo frenético del proyecto laboral con la compañía de danza había hecho fracasar durante los últimos años cualquier intento de relación sensata y estable. Aquel verano había decidido que había llegado el momento.

El chamán se levantó y desapareció tras una puerta con grabados tribales en el marco de la que colgaban unas curiosas cortinas étnicas elaboradas a base de restos de palmeras. Regresó al cabo de unos minutos con dos bolsas de tela llenas de hojas secas.

—Cuando llegue a casa, báñese dos veces en el intervalo de una semana con estas hojas. Después, solo tendrá que esperar. —Me miró a los ojos con la certeza de que yo lo haría.

Me apresuré a salir de su cabaña y, con los nervios, me despedí con un *namasté* precipitado que debió dejarlo perplejo y seguramente hasta divertido. Pero no hizo ningún gesto, mantuvo el rictus serio. «Bajo esta apariencia inescrutable se oculta un hombre sensato», pensé. Me gustó.

Afuera me esperaban los guías. Les sonreí con alivio y me miraron inexpresivos. El camino de vuelta se me hizo más llevadero. Tal vez porque, como siempre me he sentido medio meiga, percibía que en aquellas bolsas llevaba la pócima del chamán de la tribu. Y eso, entre seres mágicos, solo podía ser cosa buena. Regresé con mi equipo, pero no les conté nada. Era mi secreto. Y no pensaba compartirlo. Dos días después volamos a casa.

Por aquel entonces, yo vivía en Madrid en un apartamento pequeño y no tenía bañera. Aproveché una visita a casa de mis padres para llevar a cabo la misión. Me alegró contar con la complicidad de mi madre.

—¿No te importa, mamá?

—Me encanta la idea. Yo te ayudo, Rebeca —respondió sin dudar.

A las dos nos resultó algo divertido. Fue una locura vibrante organizarlo. Llenar la bañera con agua templada, abrir la primera de las bolsas con las hojas secas de la selva y verterlas sobre el agua.

—Me da un cierto repelús meterme ahí, mamá. A ver si se ha colado algún bicho de las profundidades panameñas —comenté, entre bromas, pero sintiendo una cierta aprensión.

—El bicho más grande que se va a colar en esa bañera eres tú, Rebeca —respondió mi madre divertida—. Haz el favor de meterte y confía en la magia. —Y salió del baño riéndose y cerrando la puerta tras de sí.

Lo más difícil no fue ni meterse ni salir de la bañera. Lo más laborioso fue retirar toda aquella hojarasca húmeda al quitar el tapón.

—Trae el cubo de basura, Rebeca, porque aquí hay tarea para rato —anunció mi madre.

Llevé una bolsa grande de basura y con una paciencia infinita comenzamos a recoger. Una semana después repetimos la práctica chamánica con una precisión milimétrica. Luego, solo cabía esperar.

—La magia ya habrá empezado a surtir efecto —supuso mi madre, cómplice, tras la segunda bañera.

El jaibaná, el chamán de aquella tribu, me aseguró que tras dos bañeras de hojas secas la magia actuaría. Hice el ritual en otoño. A él lo conocí el invierno siguiente.

Ni un solo día, en todos estos años, he dejado de acordarme del jaibaná.

Varios años y tres hijos después…

Quídam. Domingo, 12 de diciembre. 06.52.

Dile a tu hermano, el salchichero, que como no me devuelva la colección de películas de cine negro y los clásicos de Bogart que le dejé lo denuncio por robo. Soy más listo que todos vosotros, que pertenecéis a una raza inferior. Tuviste suerte de casarte conmigo, patas de palo. Habla con el salchichero porque si no, entre unos y otros, voy a hacer que paséis por comisaría más que el Dioni.

El hermano de Rebeca trabajó durante un tiempo en una gran superficie, después de quedarse sin empleo en la aseguradora en la que llevaba dos lustros. Las burlas y el sadismo del quídam no conocían límites.

Ya solo escribía a Rebeca por mensaje. La comunicación por WhatsApp había quedado definitivamente bloqueada.

3

EL RIAD. PRIMERAS SEÑALES

Silencio, silencio he dicho.

BERNARDA

Visto con la distancia del tiempo, al quídam podría considerársele un impostor. Al principio no me di cuenta de que la tarotista tenía razón. No quería darme cuenta. Era un licántropo que se estaba haciendo pasar por quien no era. Desenmascararle era difícil, y más fascinada como yo estaba por su aplomo aparente, su supuesta cultura de la que tanto alardeaba y sus títulos académicos, que tal vez escondieran otros vergonzosos secretos.

Me encantaba escucharlo negociar en inglés con sus socios australianos.

—*This agreement can be translated into multiple profits for our partnership, cause our firm won't survive unless we are pushing the limits.*

Aquellas escenas me recordaban a mi infancia, cuando también escuchaba a escondidas a mi padre concretar en inglés o en francés los acuerdos comerciales con los socios argelinos de la compañía petrolífera para la que trabajó más de cuatro décadas. La punzada era inevitable, pero también romántica. Mi padre no había podido presenciar mis éxitos más notables como bailarina y como mujer; me dolía su ausencia en acontecimientos tan importantes de mi vida como los que estaban sucediendo. Pero escuchar al quídam cerca me reconciliaba con mis sentimientos más amargos. Escuchaba al impostor y evocaba, feliz, mi infancia.

Sin embargo, eso no era más que un reflejo de la toxicidad de aquella relación.

—Estoy convencida de que él hacía por que le escuchases, Rebeca —me explicó tiempo después mi psicóloga—. Para mí es un rasgo que revela su patología de grandiosidad.

Él sabía cuánto echaba de menos a mi padre y cuánto añoraba la felicidad de una época que ya no existía. Escuchaba al impostor tan serio, tan creíble, tan trabajador, y olvidaba los sinsabores, los desprecios y las humillaciones.

En aquellos instantes sentía como si, de alguna forma, recuperase a mi padre, cuya muerte dejó en la familia un vacío tan doloroso que durante años fuimos incapaces de hablar de él con naturalidad o de ver los vídeos de nuestras reuniones familiares, donde se le oía hablar y reír animoso, imitar a Cantinflas provocando la hilaridad general o hacerse pasar por un cantaor flamenco de quejíos desgarrados.

Aún hoy sigo teniendo miedo de poner aquellos vídeos. Temo que el desconsuelo me rompa para siempre. Mi padre era un hombre recio, profundamente generoso, comprometido y honrado. Si hubiese vivido, nada de lo que estaba por llegar habría ocurrido.

—Se estaba aprovechando de tu especial situación de vulnerabilidad, de la ausencia de tu padre y del dolor de tu familia —concluyó Carla.

He pasado años también preguntándome dónde estaban ellos. Los que debían saber. Su familia y sus amigos, a los que vi por primera vez en la boda, que al parecer vinieron desde un pueblo próximo a la localidad costera de Honfleur y con quienes después él apenas mantuvo relación. Aunque le había conocido durante las noches de actuación en el Théâtre des Étoiles y su familia vivía en aquel pueblo francés, el quídam llevaba años viviendo en Madrid. De hecho, había nacido y vivido en la ciudad del Manzanares hasta la adolescencia, cuando sus padres se trasladaron a Francia, donde terminó sus estudios. Con poco más de treinta años, una jugosa oferta laboral le hizo regresar a su ciudad natal. Su familia se quedó en Honfleur.

Ni un solo verano fuimos a visitarlos ni pasamos las vacaciones juntos. ¿Sabían algo? ¿Se callaron? ¿Hicieron un cordón sanitario? Si es así, ¿dónde estaban los que callaron?

He pensado tantas y tantas veces en Bernarda, en Lorca y en el grito ahogado de silencio que se impuso en aquella casa de Valderrubio. «Silencio, silencio he dicho», amenazaba Bernarda con su bastón de mando sintiéndose la salvaguarda de aquella impoluta imagen familiar que saltó por los aires hecha añicos con el suicidio de Adela. Para mí, en aquel bucle lorquiano, las tres sílabas de «A-de-la» se convertían en «Re-be-ca». A mí también la idea de suicidio se me pasó por la cabeza. Hoy le gritaría a Bernarda: «Tu silencio no te protegerá, ni a ti, ni a los tuyos, ni a nadie». Pero entonces habría sido solo una voz solitaria en mitad del desierto. Allí no había nadie a quien reclamar, nadie que supiese de diagnósticos ni de antecedentes. Al menos que yo supiese. Quizá no lo sepa nunca.

Nuestro primer viaje juntos fue a Túnez. En vez de en avión, yo podría haberlo hecho directa en nube y sin escalas. Mis niveles —en aquel momento— disparados de dopamina y serotonina me habrían llevado en volandas de Madrid a Túnez. No habría necesitado más. Mi estado de euforia era tal que, aunque allí ya saltaron algunas alarmas, fui incapaz de detectarlas.

La primera mañana que desperté en el riad me sorprendió encontrármelo sentado en el sofá de la habitación mirándome fijamente y con semblante serio. Sonreí inquieta.

—Duermes sin pastillas. Es una buena señal —observó.

Su comentario me resultó extraño y, en circunstancias normales, le habría pedido explicaciones. Le habría inquirido con la sonrisa ingenua que utilizo para cazar depredadores como él. Sin embargo, no lo hice.

—No, no necesito pastillas para dormir —corroboré con voz dulce desde la cama y esbocé una estúpida sonrisa infantil.

Hoy su observación me resulta reveladora. Sé que fue un primer indicador. Tendría que haberme acordado de Raquel y tal vez habría sido capaz de hilar que era una nueva forma de control: Rebeca no cocina, Rebeca es extremadamente ordenada, Rebeca es impuntual y, además, Rebeca no toma pastillas. Datos reveladores añadidos con meticulosidad a una suerte de base de datos. ¿Qué era aquello? ¿Por qué preguntaba tanto? ¿Por qué controlaba tanto? ¿Por qué intentaba cambiarme? Mi cabeza estaba perdida en los vericuetos de la euforia del romanticismo, del enamoramiento prematuro, de las atolondradas mariposas de mi vientre, de esa sensación de tocar el cielo cada vez que mi boca rozaba su piel, de la emoción desbordada que me invadía cuando mi mirada se perdía en el trampantojo de su sonrisa infantil. Él, entre tanto, analizaba, planeaba, calculaba.

Después de desayunar, fuimos paseando hasta el zoco. Era una mañana de intenso trasiego, mucho turista y una algarabía desbordante de sol y compras. Nos adentramos por las callejuelas del mercado, regateamos con los comerciantes y nos inundó un intenso olor a todo tipo de especias. Aquello era una deliciosa orgía olfativa: azafrán, canela, coriandro, comino, jengibre, cúrcuma, clavo, cayena… Yo me sentía exultante y me aferraba, feliz, a su mano.

«¡Cómo he podido tener tanta suerte!», me repetía. Con lo difícil que era encontrar a una pareja así, pensaba, tan responsable, tan culto, tan trabajador, tan atento y que tanto me quería. Me sentía exultante, irradiaba felicidad.

Paramos en un puesto porque me encapriché con unas babuchas de bebé color granate. «Para nuestros hijos o hijas, o ambos», pensé feliz.

Las compré decidida y, mientras pagaba, una turba abrumadora tomó la calle vociferando palabras en árabe. No comprendíamos qué estaba ocurriendo, pero yo opté por mantener la calma y esperar. Nos pegamos a la pared para dejar pasar a aquel alborotado desfile de ciudadanos tunecinos que, a primera vista, parecían inofensivos. Tardaron varios minutos en cruzar la calle del zoco. Todo parecía estar controlado, cuando, de repente, él se me acercó con una angustia incomprensible.

—Lo que necesito es una mujer como tú —me susurró con ansiedad.

Su reacción se me antojó muy extraña y, sobre todo, el tono desesperado que percibí en sus palabras. Le abracé con fuerza sin terminar de entender lo que estaba ocurriendo.

—Tranquilo, no es más que griterío, enseguida saldremos de aquí.

No me respondió. Hubo un silencio largo, terminó de pasar la multitud bulliciosa y él, despacio, volvió a acercarse a mi oído. Notaba que hacía esfuerzos por mantener el control.

—El único síntoma de debilidad que verás en mí es que me muerdo las uñas —confesó con una sonrisa forzada.

Me quedé desconcertada. Rápido, me cogió la mano con fuerza y seguimos paseando por el zoco. Estuve unos minutos sin hablar tratando de entender. Lamentablemente, justifiqué su comportamiento una vez más.

«Quizá haya sentido que exponía demasiado sus sentimientos cuando ha dicho que necesitaba una mujer como yo y ha querido protegerse después con lo de que prácticamente nunca da muestras de debilidad», pensé.

Con este pensamiento poco reflexivo volví a zanjar el asunto. Ese día había dado ya dos señales y yo las había pasado por alto. A veces, no hay más ciego que el que no quiere ver. Y mis neurotransmisores alterados me dejaban ver poco. Más bien, nada.

Las emociones me tenían narcotizada. Me viene a la memoria una de las noches, cuando nos quedamos en la habitación del riad paradisiaco Dar El Jeld, próximo a la mezquita y con una de esas camas enormes cuyo colchón deja grabada tu silueta en su superficie. A mis ojos, todo era perfecto: habría desechado sin reflexión alguna cualquier asomo de sospecha. El balcón abierto nos traía los olores afrodisíacos de las especias de los mercaderes de la plaza Kasbah y el rumor lejano de los rezos en la mezquita Sidi Mahrez. Pusimos la película *Drácula de Bram Stoker*.

—He cruzado océanos de tiempo para encontrarte —le confiesa Drácula a Mina.

El quídam me abrazó con intensidad, me cogió el dedo índice y, llevándolo al lagrimal de su ojo para que sintiese la humedad, dijo:

—Mira, Rebeca, estoy llorando, estoy llorando. Yo también siento que he cruzado océanos de tiempo para encontrarte.

Le abracé con toda mi fuerza telúrica y protectora para que se sintiese comprendido, cuidado, reconfortado. Tan solo me sorprendió que le impactase tanto verse llorar. Yo había visto llorar con total naturalidad a otros hombres y me extrañaba que a él le chocara ser capaz de llorar de emoción.

Fue una situación desconcertante. Vista con la perspectiva del tiempo, sospecho que trataba de demostrarme denodadamente lo mucho que podía abrigar emociones intensas. Pero lo cierto es que era incapaz. Con los años descubrí su absoluta falta de empatía.

Aquella noche, no tomé pastillas para dormir.

Algunos años después me las prescribiría la doctora.

Desde entonces no he dejado de tomarlas ni una sola noche.

Varios años y tres hijos después...

QUÍDAM. Lunes, 3 de abril. 05.26.

Si sigues empeñada en cuidar tú sola de los niños, vas a
terminar de destrozar lo poco que te queda de carrera
profesional. Si es que alguna vez tuviste alguna, bailarina
de piernas de palo. Eres una más de todas esas estúpidas
mujeres que renuncian a todo por la familia y ponen a los
niños por delante. Por eso, no conseguís ni triunfar ni
llegar a puestos de poder y el éxito es exclusivamente
cosa de hombres. Ahí te dejo la advertencia y la amenaza.
Te las regalo.

Meses antes la jueza había otorgado a Rebeca la custodia de
sus tres hijos. Hacía varias semanas que estaba de baja. Tuvo
que dejar temporalmente su puesto como primera bailarina
en la compañía debido al estado de estrés provocado por el
acoso que estaba sufriendo. Por eso y porque su madre
acababa de morir.

4

UN HÁBITO SON VEINTIÚN DÍAS

Junta tu frente a la mía, enlaza tu mano y
haz juramentos que mañana ya habrás roto.

TENNESSEE WILLIAMS

A unas semanas de la boda, un desagradable incidente sembró en mí el poso de la duda.

Apenas un mes antes nos habíamos ido a vivir a su casa, mucho más amplia que mi pequeño apartamento. Comencé a organizar las habitaciones, los armarios, saqué cajones, ordené muebles, puse toldos en los balcones, cambié los viejos azulejos de la cocina y pasé dos fines de semana enteros encaramada a una escalera de metal pintando las paredes con colores alegres porque algo en aquella casa me resultaba triste y sombrío.

Antes de trasladarnos definitivamente, organicé una cena romántica para despedirnos de mi pequeño *loft*. Por la tarde había comprado conos de incienso de sándalo, un aroma que siempre me había embriagado por su sensualidad y sus tonos amaderados. Encendí dos antes de que él llegase y coloqué en el tocadiscos el vinilo con la música melancólica y bellísima de Yves Montand. Encargué, a través de una web *gourmet* para noches especiales, ensalada de perdiz escabechada con granada y vinagreta de miel, un asado de cerdo danés con mostaza y, de postre, la exquisita versión de la tarta Sacher de Oriol Balaguer con trufa *grand cru*, compota y jarabe de frambuesa. Quería que aquella última madrugada en la que había sido mi casa y mi guarida de soltera fuese sencillamente inolvidable.

—Los primeros cuarenta años de mi vida no han sido felices. Espero que los siguientes cuarenta contigo sí lo sean —me dijo tras la cena, tumbado en mi regazo en el sofá—. Así que no me dejes caer, Rebeca —suplicó.

De modo que decidí convertirme en su salvadora. «¡Cómo no protegerle!», pensé. Yo, que había tenido una infancia llena de azules veranos felices, dedicaría mi vida a cuidar de aquel hombre que tanto decía que me necesitaba y a resarcirle de todos aquellos años de angustias, que tampoco terminaba de comprender porque nunca me las quiso contar.

Qué terrible escribir esto con la perspectiva del dolor y del tiempo. Hoy estos comentarios me resultan tremendamente esclarecedores sobre la tela que la araña empezaba a tejer. El quídam dibujó un camino de pistas para convencerme de que él era una víctima y yo la mujer que habría de salvarle.

—Te pido que le des veintiún días a esta relación. Por favor, no cortes esto antes —me había dicho aquella primera semana en París.

Al principio, me quedé perpleja. Nunca antes nadie me había pedido algo así. Pero acepté y, además, sin darle mayor importancia porque quise pensar que era como un niño. «El chamán no me dijo nada de veintiún días —pensé con humor para mis adentros—. Será otro tipo de magia numerológica».

Con los años busqué el significado de los veintiún días y encontré la explicación psicológica y médica. En 1960 el cirujano Maxwell Maltz publicó el libro *Psycho-Cybernetics* donde relataba sus experiencias con pacientes sometidos a algún tipo de operación física. Este doctor cifró en veintiún días el tiempo que un paciente tardaba en acostumbrarse a un miembro fantasma tras una amputación. Traducido al terreno de la psicología, es el tiempo que necesita un ser humano para adquirir un hábito. Es decir, me estaba pidiendo esos veintiún días para convertirse en un hábito en mi vida.

Carla guardó silencio tras mi relato y me miró compasiva.

—Rebeca, si nos hubiésemos conocido entonces, señales como estas nunca se nos habrían pasado por alto —afirmó mi psicóloga cuando se lo conté—. Es un claro indicador de manipulación. No puedes empezar una relación de pareja pidiendo que no te dejen durante los primeros veintiún días.

—Cierto. Ni en tres semanas ni doce horas después. En una relación no se pide nada, solo dejas que fluya para ver si funciona —asentí. Hoy me resulta intolerable.

—Son seductores que inician un proceso de conquista primero y de destrucción después. Si tú querías a Bogart, él sería Bogart. Si tú querías hijos, él te daría hijos. Si querías boda tribal bendecida por un rito indígena, también te la daría —añadió Carla—. Son seductores y manipuladores, y son capaces de todo. No tienen límites.

—Me pasaron cosas que jamás había vivido antes, me dijo cosas que jamás me habían dicho y todo lo que en aquel momento yo le pedía a la vida él me lo dio —susurré con tristeza.

—Rebeca, te enamoraste de una máscara —continuó mientras me acercaba la caja de pañuelos—. En consulta pongo siempre dos ejemplos: cuando Erik, el famoso fantasma de la ópera, descubre su rostro, aparece el monstruo. Hasta entonces Christine ha vivido engañada por su voz fabulosa y arrebatadora. O como el mitológico fuego fatuo, que bajo la apariencia de una inofensiva bola de luz de brillo frágil atrae engañosamente a sus víctimas hasta dejarlas atrapadas para siempre en el pantano. Tú ahora estás saliendo del pantano, Rebeca, y eso no es fácil, pero vamos a trabajarlo juntas.

Volvamos al suceso desagradable. Ese que a punto estuvo de provocar que todo saltase por los aires, a unas semanas de la boda y con todos los invitados confirmados.

—¿De quién son estas bragas? —pregunté entre incrédula y llena de rabia. Las había encontrado en uno de los cajones del armario de nuestro dormitorio.

—Serán de... tu sobrina —titubeó desde el baño con voz nerviosa. Ni siquiera se atrevió a salir a mirarlas.

Entré en el baño, decidida. Si algo tenía claro es que las mentiras y yo nos llevamos mal, y mi intuición me decía que estaba mintiendo.

—¿Mi sobrina de nueve años tiene una talla cuarenta de bragas? ¿Quieres que la llame para comprobarlo y de paso le pregunto si se ha dejado su ropa interior en el cajón del armario de nuestro dormitorio? —ironicé.

—No… no. La verdad es que no sé de dónde han salido. —Acertó a responder.

Aquello sí que bombardeaba mi línea de flotación. ¿De dónde habían salido aquellas bragas? ¿Llegaron antes de que yo desembarcase en esa casa o eran de aterrizaje reciente? ¿Me estaba engañando con otra con la boda a la vuelta de la esquina? Mis alteradas endorfinas trataban de aferrarse a cualquier explicación por extravagante que fuese.

«Tal vez —reflexioné con humorístico pensamiento millasiano— llevan aquí tantos años que les han salido unas minúsculas patitas y se pasean a su antojo por la casa tomando aleatoriamente cada noche al asalto los cajones desprevenidos».

Siempre había utilizado el humor para hacer terapia, pero entonces el nivel de rabia era tal que, ante su impasibilidad, ni siquiera novelar con excentricidades literarias me tranquilizaba.

Mi cerebro iba a mil, pero no fui capaz de decir nada más. Otra vez aquellas endorfinas alocadas que nos hacen ver lo que quieren y no lo que hay. Permanecí de pie en el baño mientras él trataba de evitar mi mirada y, con una tranquilidad pasmosa, siguió afeitándose como si aquello no fuese con él.

Días más tarde comí con un amigo escritor en un restaurante del centro de Madrid. Quería contarle el incidente.

«Juanjo —le escribí—, te invito a la mejor ensaladilla rusa de Madrid. A las 14.30 donde siempre».

Nos conocíamos desde hacía años y habíamos compartido muchas horas de trabajo porque había asesorado a la compañía en numerosas coreografías. Su opinión me importaba mucho, él era capaz de ver con claridad y lucidez en cerebro ajeno. Era un maestro a la hora de construir personajes precisamente por ese olfato que tenía para el comportamiento humano.

—Me resulta raro, Rebeca. Hay algo extraño en su reacción. Si las bragas llevaban allí desde antes de que tú llegases, ¿por qué no te lo dijo con rotundidad para ahuyentar tus fantasmas? Me da la sensación de que disfrutó viéndote sufrir. No entiendo su frialdad y su falta de empatía con lo que estabas sintiendo a punto de casarte.

Asentí con la cabeza, sabía que tenía razón. Lo peor no fue encontrar las bragas, sino su respuesta. Si me engañó o no nunca lo sabré. Se mostró inescrutable y no logré sacarle más allá del distante «no sé de dónde han salido». Aquella fue la primera de sus reacciones gélidas que con los años se convirtieron en habituales. No me atreví ni a retrasar ni a suspender la boda con todos los invitados confirmados como estaban, pero un dolor y una desconfianza incipientes ya no me abandonaron nunca.

Tiempo después, en terapia, Carla me explicó que no aconseja nunca tomar una decisión tan importante como casarse antes de que, como mínimo, haya pasado un año.

—A partir de ahí es cuando empiezas a ver al otro como realmente es, Rebeca. Durante los primeros doce meses no sueles ver más que lo que quieres ver porque la lavadora mental de tu emoción va a tal nivel de revoluciones que es imposible mantener una cierta objetividad. Su reacción hierática cuando encontraste las bragas fue una señal, pero tú aún no estabas preparada para detectarla. Ese día aprendió algo, Rebeca, o más bien lo comprobó: sus acciones no tenían consecuencias. Te quedaste en shock, por supuesto, es totalmente comprensible, pero su silencio, su desafío, no tuvo en ti más respuesta que cierta sumisión. Conformismo. Absoluta confianza en él. Tú asumiste un precio, ese día, y él supo que podía hacer lo que quisiera, porque ya estabas ciega y alienada. No había vuelta atrás.

A las bragas y a sus patitas las puse rumbo a la basura. Até con fuerza la bolsa, la saqué del cubo y la tiré en un contenedor de reciclaje bien alejado, no fuese que le hubiesen cogido gusto al cajón del armario y quisiesen volver. Con algunas bragas nunca se sabe. Como aquellas, no muy diferentes a estas, que regresaron transcurridos unos años. Si compartían propietaria o iban cambiando de dueña tampoco lo sabré nunca.

Nos casamos un mes después.

Varios años y tres hijos después...

Tauro ha muerto.

Con la frialdad de ese mensaje escueto y demoledor se lo comunicó. Rebeca estaba de gira con la compañía en San Sebastián. Actuaban tres noches consecutivas en el Kursaal, donde presentaban una programación especial para conmemorar el aniversario de Joaquín Turina.

Tauro era el perro que Rebeca había adoptado un año antes. Pensó que sería bueno para los niños y que los ayudaría a sobrellevar la tensión y las discusiones en casa que ellos ya habían empezado a presenciar y también a sufrir.

—Un perro siempre es bueno, un refugio para el amor y el cuidado —le había dicho Rebeca al quídam.

—Cuando veo a un perro solo me entran ganas de darle patadas —comentó él con absoluta calma, media sonrisa y la inmutabilidad de sus ojos gélidos.

Pese a todo, Tauro se quedó. Un precioso, atlético y peludo pastor alemán alsaciano, una variante poco frecuente de esta raza protectora. Rebeca sentía que era una válvula de escape para sus hijos. Cuando los problemas comenzaron, de cara a ellos, trató de aplicar lo que ella definía como un «la vida es bella» y hacerse, como decía siempre con amargura, un Roberto Benigni.

—Si esto es un campo de concentración nazi, pongámosle flores —les decía a los pocos, poquísimos, íntimos con los que se sinceró en aquellos primeros años.

Pero Tauro duró poco, y las circunstancias de su muerte nunca se esclarecieron. Rebeca llamó al quídam nada más recibir el mensaje.

—¿Qué ha pasado? El perro estaba perfectamente anteayer.

—Parece que comió algo que le sentó mal y ha muerto —respondió sin más.

—No entiendo nada. ¿Qué comió? Dejé todo preparado en su cajón y bien organizadas las comidas.

Rebeca no daba crédito ni a lo ocurrido ni a la absoluta falta de empatía del quídam a la hora de comunicarle su muerte.

—¿Cómo están los niños? —se interesó.

—Mal. Me han acompañado al veterinario y han visto todo. Le hemos incinerado. Espero que corras tú con todos los gastos porque fue idea tuya traer a ese perro. Ahora no puedo hablar. Ya sabrás más cuando vuelvas. —Y colgó.

A su regreso, habló con el veterinario.

—No se pudo hacer nada, lo siento. Cuando llegó ya había fallecido.

—Pero ¿qué le había pasado? —preguntó Rebeca en un susurro.

—No lo sé. Su marido nos dijo que le pareció ver que comía algo en el parque y no nos dio muchas más explicaciones. Aquí ya llegó sin vida. Le sugerí practicarle la autopsia, pero se negó. Pidió una incineración rápida. No le puedo decir mucho más. Lo siento, Rebeca.

Ese último año había sido el mejor de su vida desde que se casó. Y fue gracias a Tauro. En él había encontrado un refugio incondicional, al igual que sus hijos. Ahora se había ido. Para siempre. O le habían hecho irse. Nunca lo sabría. Una nueva sospecha, como tantas otras, quedó suspendida en el aire enrarecido.

5

LA BODA Y LA BRUJA DEL OESTE

Muchas veces queremos a aquellos que menos nos convienen y que más nos pueden herir.

Use Lahoz

Organicé la boda que siempre había soñado y, como galo-paba veloz a lomos de mis endorfinas, no me resultó difícil. Tiré de imaginación y de tarjeta de crédito, y me dispuse a cumplir mi sueño chamánico porque en aquel momento, y pese a las primeras señales que hice por olvidar, estaba com-pletamente segura de que el jaibaná tenía razón.

Elegí uno de los mejores hoteles de París, la ciudad don-de nos habíamos conocido. Además, en ese hotel se estaba exhibiendo una impresionante colección de piezas exóticas de arte etnológico de Papúa Nueva Guinea.

—Será mi forma de seguir agradeciendo e invocando la magia de los emberá. Una especie de ofrenda tribal en su memoria —pensé con gratitud y emoción.

Llené de flores el vestíbulo del hotel y el salón de cere-monias. Quería cuidar con mimo cada detalle, exultante de felicidad como estaba. No solo encargué rosas inglesas y exóticas proteas, también dispuse peonías fucsia desde el vestíbulo para que su penetrante aroma acompañase a los invitados como si del camino jubiloso de las baldosas amarillas de Dorothy se tratase. Yo todavía ni presentía la sombra acechante de la Bruja del Oeste, que aún tardaría un tiempo en hacer acto de presencia.

Dos meses antes de la boda, mi madre me pidió que pasásemos juntas un fin de semana en su casa de la playa para ayudarme a ultimar los preparativos. Llegamos cansadas un viernes de madrugada tras varias horas de viaje, pero la gran terraza frente al mar era lo suficientemente inspiradora como para organizar con esmero todos los detalles. Al día siguiente cocinó su inigualable pudin de bonito asalmonado y lo sirvió en una preciosa mesa de baldosas azules y motivos mediterráneos, donde empezó a desgranar algunas de sus propuestas con la emoción que entonces a ella también la embargaba.

—Rebeca, me gustaría regalaros flores de anturio, una planta de la que me enamoré en Costa Rica y que cada mañana cuidaba allí con esmero. No es fácil de conseguir, pero me hace tanta ilusión. Crece en lugares sombreados y simboliza hospitalidad y abundancia. Es una planta llamativa de hojas acorazonadas que tiene, además, la generosidad de regalarnos flores durante todo el año.

Antes de nacer mi hermano y yo, mis padres vivieron en el país centroamericano varios años y mi madre guardaba en la memoria recuerdos felices. Supuse, aunque nunca me lo dijo, que también era su forma de recordar e invocar a mi padre.

Durante dos días anotamos ordenada y cuidadosamente

cuanto queríamos hacer para preparar una boda mágica. Aprovechamos también para organizar recuerdos, comprar marcos para antiguas fotos familiares y limpiar más de una decena de delicadas figuras de Lladró que mi padre le había regalado a mi madre en decenas de cumpleaños, Navidades o aniversarios. Creo que fue nuestra forma inconsciente y agradecida de hacer *feng shui* en aquella casa donde seguía habitando el espíritu de mi padre. De noche nos tumbábamos en las hamacas de la terraza y contemplábamos en silencio las estrellas, mecidas por el rítmico sonido de las olas al romper sobre la arena. Hoy, tantos años después, cada vez que regreso a aquella casa y me tumbó en las hamacas de la terraza frente al mar, siento con fuerza la presencia y la energía de los fantasmas de mis padres.

Así que las flores de anturio, deseo de mi madre, cubrieron el último tramo de la impresionante escalera dorada del hotel que daba acceso a la planta baja donde se ofició la ceremonia. Allí, junto con las piezas de Papúa Nueva Guinea, se exhibían asimismo fabulosas muestras de arte egipcio de la colección privada del propietario del hotel. Egipto siempre ha sido uno de los lugares del planeta cuyos enigmas más me han fascinado. Así que aquella combinación de historia, culturas étnicas y flores exóticas me resultaba deslumbrante y mágica.

Él me dejó hacer y deshacer a mi antojo. Yo cumplía un sueño. Él tejía su red.

También elegí la música que nos acompañaría. Tenía claro que serían canciones francesas de Yves Montand, Jacques

Brel, Édith Piaf y Charles Aznavour. Años atrás, Carlos, uno de mis primeros jefes en la compañía de danza, me había regalado un disco con una selección de algunas de las mejores baladas de aquellos iconos musicales.

—Ya tienes la música, Rebeca —dijo—. Ahora enamórate con ella.

Nunca olvidaré aquella conversación, sobre todo, por las circunstancias en que se produjo. Apenas unos meses antes a Carlos le habían detectado cáncer de pulmón y el diagnóstico apuntaba a un desenlace temprano y fatal. Así que los compañeros y amigos del trabajo le visitábamos todas las semanas en su casa del barrio de Canillejas. Siempre me fascinó aquel hombre de pensamiento acertado, palabra precisa y voz inolvidable.

Una de aquellas tardes de primavera nos recibió en la terraza. Sacamos sillas y algunas tumbonas, y, bañados por el sol vespertino, nos entregamos a la risa para ahuyentar el fantasma de la muerte. Reímos recordando anécdotas del trabajo. Carlos siempre tuvo un brillo pícaro en la mirada y ese viernes de mayo lo tenía especialmente intenso. Antes de que nos marchásemos, se me acercó ilusionado.

—Te he grabado algunas canciones, Rebeca. Ahora solo tienes que enamorarte con ellas. Este es mi regalo. El amor en francés se habla, se canta y se siente de otra forma.

Quince años después sigo conservando con celo aquel disco en una vieja maleta en la buhardilla de casa. Una maleta secreta en cuyo interior pongo a resguardo, desde hace décadas, viejos tesoros familiares. Por eso, por él, por Carlos, por aquel instante a modo de despedida al atardecer en la terraza en su última primavera, la música en la boda sería francesa.

Encargué un vestido de novia sencillo de inspiración medieval. Todo lo demás llevaba ya una carga tan potente que no quería acrecentarlo más: los centros de flores costarricenses, las piezas históricas étnicas y egipcias y la música francesa. Una coctelera llena de emociones donde volqué toda mi felicidad.

El día de la boda la aún tenue sombra de la Bruja del Oeste solo hizo acto de presencia de forma fugaz mientras recorría, confiada y feliz con mi vestido blanco medieval, el pasillo del brazo de mi padrino, mi tío Enrique Agustí. Me extrañó observar el rictus serio de algunas caras que me generaron inquietud. A la izquierda del pasillo estaban mi familia y mis amigos. A la derecha, los de él.

«¿Por qué en el lado izquierdo hay más sonrisas y más emoción? —pensé con cierta preocupación sin dejar de saludar a los invitados—. ¿Es que ellos, los suyos, no están disfrutando con nosotros de nuestra felicidad y de nuestra emoción?».

A aquellas preguntas nunca pude darles respuesta. Al día siguiente todos volaron a Honfleur y el quídam jamás hizo por visitarlos. Mantenían tan solo conversaciones telefónicas ocasionales y sin entusiasmo excesivo. Con frecuencia me preguntaba si no habría allí una primera mujer, unos primeros hijos y muchos secretos. Pero aquellos pensamientos apenas fueron la sombra de un fantasma que, entonces, solo acechaba muy de vez en cuando.

El día de la ceremonia fue un viernes soleado. El pronóstico había anunciado unas temperaturas magníficas. Al terminar la ceremonia y, mientras aún sonaban los compases de la última canción francesa, «Les feuilles mortes» de Yves Montand, comenzamos a subir por las escaleras, cubiertas por un abanico floral multicolor, para iniciar el cóctel que se iba a servir en la azotea del hotel. Le cogí de la mano como hipnotizada por la melodía evocadora y nostálgica.

Les feuilles mortes se ramassent à la pelle
Tu vois, je n'ai pas oublié
Les feuilles mortes se ramassent à la pelle
Les souvenirs et les regrets aussi.

Siempre he creído en las señales, pero, en este caso, me habría resultado imposible descifrarlas porque no sé francés. Entonces tampoco sabía que este tema habla de las hojas muertas de un amor. Tal vez, de haberlo sabido, otro escalofrío de inquietud me habría recorrido el cuerpo recordando mis dos bañeras de hojas secas a las que parecía que cantaba premonitoria y desgarradamente Yves Montand.

Pese al pronóstico y a que durante toda la ceremonia lució un precioso sol de mayo, cuando llegamos a la azotea empezó a llover.

Varios años y tres hijos después…

A Rebeca le empezaron a llegar mensajes anónimos. Sospechaba que se los enviaba una de las amantes despechadas de su marido. Son mensajes del quídam sobre su relación con Rebeca.

Reenviado por la amante. Lunes, 7 de mayo. 18.45.

Le he devuelto otra vez a los niños enfermos. Que se joda, así tiene que cuidarlos y no puede ir a trabajar. Solo se casó por mi dinero y de mi dinero va a seguir dependiendo hasta que yo quiera. Cuantas más veces le envíe a los niños enfermos, más días tendrá que coger, menos podrá bailar y terminarán echándola del ballet o, con suerte, volverá a ser una más del cuerpo de baile.

6

POMOS DE COLORES

Pase lo que pase en el futuro, cuando nuestro amor sea solo un recuerdo, piensa que aquí, por un momento, fuimos inmortales. Y que aun cuando este mundo que nos rodea se derrumbe por completo y sobre sus ruinas se levanten otros mundos que ni siquiera nos recordarán, este instante se repetirá.

TERENCI MOIX

También me dejó elegir —todavía era el perfecto caballero— todos los detalles del viaje de novios. Exultante como estaba, busqué algo especial que ninguno de los dos conociésemos.

—Elige un destino, Rebeca —me animó con aquella sonrisa que tanto sabía que me gustaba.

Egipto, sin dudarlo. Desde niña me fascinaban los misterios de Abu Simbel, los nubios, el lago Nasser, los enigmas de Tutankamón, la época de los faraones. Siempre quise adentrarme en las pirámides, pasear por el Valle de las Reinas, sumergirme en los arrecifes de Sharm el-Sheij, ver amanecer en el monte Sinaí y descender a pie hasta la zarza ardiente del monasterio de Santa Catalina. Para mí Egipto era pura fascinación.

—Ya he reservado en el hotel Pyramids, está a tan solo cinco kilómetros de Giza y tiene una piscina maravillosa. Desde allí podremos visitar con facilidad Keops, Kefrén o Micerinos. Y, si quieres, hasta las tres —anunció.

Yo me sentí la mujer más feliz del mundo. Iba a ser un

viaje perfecto, pero con el peor regreso imaginable, que entonces ni siquiera podía intuir.

Cuando llegamos a El Cairo, y mientras hacíamos el *check-in* en el hotel, oí a la orquesta. Tocaban versiones de Sinatra.

—*Where is the orchestra?* —pregunté al recepcionista.

—*Playing in the pool.*

Nunca olvidaré aquella imagen, una de las más espectaculares y evocadoras que he visto jamás. La luna llena contribuía también a intensificar las sensaciones a flor de piel. Bajo su influjo escuché tocar a los músicos sobre la plataforma circular que unía dos de las piscinas. En el horizonte, al fondo, se dibujaba el perfil majestuoso de las pirámides. La magia prodigiosa de aquella noche de agosto parecía fruto de un hechizo.

Por un instante, me sentí aquella extraña en la madrugada que se enamoró a primera vista y que, desde aquella noche, permanece junto a él para siempre.

Se me erizó la piel por la emoción y me eché a llorar. Corrí a la habitación mientras me enjugaba las lágrimas, saqué de la maleta nuestros bañadores y le pedí al quídam que nos metiésemos en el agua antes de que los músicos terminasen. Llegamos justo a tiempo. Al zambullirnos, el director de la orquesta anunció el último tema. Mágicamente no había nadie más. Estábamos solos. Los músicos y nosotros. Tal vez el resto de los huéspedes siguiesen la música desde sus habitaciones como el rumor de un compás lejano.

Fill my heart with song
and let me sing forevermore.
You are all I long for,
all I worship and adore.

Todo me parecía mágico y, entre abrazos, besos y caricias, buscaba sincronicidades en cada frase de Sinatra con nuestra historia de amor. Una de esas noches irrepetibles. Aún hoy la recuerdo, si bien diluida ya en las aguas de un río de mil amarguras.

El resto del viaje fue sencillamente perfecto, tal y como siempre lo había imaginado. La Bruja del Oeste aún tardaría un tiempo en hacer acto de presencia de manera inexorable. No debía entenderse bien con cuestiones de faraones, momias y sarcófagos.

Regresamos un domingo de madrugada y mi madre esperó al lunes para pedirme que fuese a verla yo sola.

—Cuando puedas, a lo largo de la tarde, hija, no hay prisa.

Yo todavía estaba sacando la ropa de las maletas, poniendo lavadoras y organizando todo para volver al trabajo al día siguiente.

—¿Es algo grave, mamá? —pregunté, intranquila.

Mi madre y yo siempre mantuvimos una relación umbilical, y aún hoy, que ya no está, sigo sintiendo ese cordón inquebrantable. Por eso me extrañó su petición. «Debe ser algo grave —pensé— y no me lo quiere decir por teléfono».

—No pasa nada, Rebeca, ven tranquila cuando puedas —respondió, serena.

Yo sabía que me estaba mintiendo, algo pasaba y no iba a esperar a la tarde. Así que cogí el coche y en quince minutos estaba en su casa.

Diez años antes mi madre ya me había llamado con la misma urgencia y sin querer darme más explicaciones.

—Rebeca, vuelve por favor a Madrid. A tu padre le están haciendo unas pruebas y creo que debes estar —dijo entonces sin poder disimular su preocupación, que no quiso compartir conmigo por teléfono.

Dejé la maleta en la entrada y me senté con ella al calor de una mesa en la que habíamos vivido tantas y tantas horas felices. Mi padre y mi hermano Tono dormían.

—A papá le han visto unas manchas en el cerebro. Mañana le hacen a primera hora un tac y ahí nos dirán más —dijo con una sonrisa llena de tristeza tratando de no romperse a llorar.

Era la primera vez que la enfermedad y la palabra cáncer nos tocaban tan directamente. Mi hermano aún estaba terminando la carrera de Historia en la Complutense y yo llevaba poco más de un lustro trabajando. Aunque estaba sentada, tuve la imperiosa necesidad de arrodillarme en el suelo y juntando con fuerza las manos pedí que aquello no fuese verdad.

—No puedo creerlo, mamá —susurré angustiada, mientras empezaba a sollozar.

Mi madre me cogió de las manos para que me levantase y nos abrazamos con fuerza. Aquella noche apenas dormimos.

Al día siguiente a mi padre le diagnosticaron un cáncer de origen desconocido —siempre lo trataron como si fuese de pulmón— con dos metástasis inoperables en el cerebelo. Murió cuatro meses después de un infarto cerebral. Para mí se fue como vivió: un hombre recio, comprometido y que jamás quiso victimizarse para evitarnos más dolor.

—Si esto tenía que tocarle a alguien, prefiero que haya sido a mí —le confesó una mañana a mi madre.

Fue su mayor declaración de amor a nuestra familia. Siempre fue un hombre parco, más de hechos que de decires. Nos dio todo diciendo poco. Y así se fue.

A mí me salió la niña de educación religiosa y pensé que, si me portaba muy bien y daba dinero a todos los sintecho que me lo pedían, mi padre se curaría del cáncer.

—Por mucho que des dinero, Rebeca, será lo que deba ser y pasará lo que deba pasar. Dar dinero no lo va a evitar.

Siempre fue un hombre brillante y, después de verme varias veces dando dinero al hombre del semáforo, me soltó, con tono tranquilo, este comentario una mañana camino del hospital para la quimio. Me ruboricé como cuando de niña me pillaban en algún enredo. Pese a que estaba a punto de cumplir treinta años, para mi padre seguía siendo aquella niña.

Llevaba años sin ir a misa, pero volví a rezar. Pedí que el diagnóstico hubiese sido erróneo o una curación milagrosa. «¿Cuántas veces no se han confundido los médicos? Si consigo hablar directamente con Dios y conectarme con Él como cuando era niña y le pedía, y Él me escuchaba, seguro que salva a mi padre», pensaba.

Cuando te enfrentas por primera vez a la quimioterapia, a la radioterapia y a un tratamiento tan duro como el de hace dos décadas para combatir —con pocas expectativas— un cáncer tan agresivo, necesitas aferrarte con todas tus fuerzas a cualquier esperanza. Y en aquel momento Dios volvió a convertirse en mi esperanza. Lo veía en la cara del vagabundo que pedía dinero en el semáforo y al que cada día daba monedas, y también en la enfermera que pinchaba la quimio de mi padre y a la que regalaba incontables sonrisas buscando una complicidad que nunca encontré.

Pero de nada sirvieron mis rezos, ni el dinero al vagabundo, ni las sonrisas a la enfermera.

Unos días antes de que aquel infarto cerebral se lo llevase para siempre, le dijo a mi madre: «Allá donde vaya, te esperaré». Mi madre se pasó diez años recordándonos estas palabras.

Así pues, de nuevo mi madre me pidió que fuera a su casa nada más volver de un viaje. Era la segunda vez en diez años que lo hacía.

Volvimos a la cocina. A la misma mesa, a las mismas sillas. De pronto fui consciente del paralelismo, de los ecos de aquella noche terrible. Aún teníamos las dos las profundas cicatrices de la primera conversación.

—Me han estado haciendo pruebas, Rebeca —dijo, serena—. De momento, no puedo continuar mis estudios en la universidad para mayores porque no consigo coger el bolígrafo ni tomar apuntes, no me responden bien las manos. Las primeras pruebas apuntan a que tengo párkinson y aún no saben cómo será la evolución. Me han recomendado que haga una vida lo más tranquila posible.

Yo escuchaba perpleja. No podía hablar. Sentí que un bisturí afilado e invisible comenzaba a amputarme la mitad del alma. Eso era lo que había sido mi madre durante toda mi vida: la mitad de mi alma. Y cuando a uno le segmentan el alma, muere. Aquel día, otra vez las dos en la cocina, volví a morir un poco.

Con la mirada perdida en las hermosas vetas de la madera del escritorio, el recuerdo de la muerte apoyó sus garras en mis hombros. La luz menguó. Carla cambió de postura sentada ante mí y guardó silencio. Me estaba dando tiempo para continuar.

—Hace unos días leí que, hasta que nos vence la muerte, la vida se jalona de otras despedidas que nos van matando poco a poco.

—¿Sientes que has hecho los duelos, Rebeca? —preguntó Carla.

—No. Me da miedo romperme por completo y no ser capaz de levantarme. Y tengo tres hijos por los que he de levantarme cada mañana. Solo he sabido huir hacia delante con mi rabia y mi dolor a cuestas. He corrido tanto que siento que solo seré capaz de sacarme este crujido ensordecedor escribiendo, salvándome con la palabra como la poesía me salvaba de niña, bañándome en esa real irrealidad a la que tantas horas de feliz soledad dediqué. Sé que solo a través de la palabra podré cauterizar la herida. —Me abrí en canal clavándome las uñas en las piernas para que el dolor físico amortiguase el dolor emocional.

Carla volvió a ofrecerme la caja de pañuelos.

Cuando mi madre me lo comunicó, no pude hablar. Solo abracé su cuerpo frágil de mujer que ha sobrevivido a las penurias de una posguerra y, para no romperme en mil pedazos delante de ella, empecé a contar los pomos de colores que juntas habíamos elegido para alegrar la cocina, cuyas baldosas alternas jugaban a imitar un tablero de ajedrez. Tanta familia y tantos amigos habían disfrutado allí de los prodigios culinarios de mi madre; habíamos reído, cantado, bailado, compartido y crecido. Era una paradoja. La cocina de los encuentros felices era también la de las noticias devastadoras.

—Te prometo que voy a buscar al mejor especialista, mamá —acerté a decirle sin dejar de abrazarla.

Pensé en mi padre y en sus últimas palabras: «Allá donde vaya, te esperaré». Y le rogué a mi padre que siguiese esperándola muchos años porque este segundo hachazo al alma ya no iba a poder soportarlo. Ella lo había sido todo en mi vida: la mitad de mi alma, mi mejor amiga, mi confidente, el ser que más me quiso y la persona que confió ciegamente en mí desde niña. Todo eso lo sabía mi padre y le invoqué desesperada sabiendo que me escuchaba desde esa mitad invisible que yo, a ratos, conseguía percibir.

Pero mi padre no me hizo caso. La esperaba desde hacía dos lustros. Y, seguramente, tampoco era algo que estuviese en su mano.

Varios años y tres hijos después...

Quídam. Lunes, 4 de mayo. 08.15.

Te dejo a los niños en la puerta. La mayor va con fiebre.
El mediano no ha podido estudiar el examen de hoy y el
pequeño no ha querido desayunar porque dice que solo
desayuna fruta bío, leche de avena y magdalenas
ecológicas. De esas cosas tuyas de brujerías y vudú yo no
tengo. Así que ahí te los dejo. Los tres tuyos. Apáñate.

El quídam ni siquiera sabía si Rebeca estaba o no en casa a
esa hora. Él era el responsable ese día de llevar a los niños
al colegio. Los dejó solos, a su suerte, en la puerta de la
casa, y se fue. Afortunadamente, esa mañana Rebeca tenía
ensayo a las once y media y podía hacerse cargo de los
pequeños. El mediano entró llorando y con un ataque de
nervios.

—Papá no me ha dejado estudiar el examen de *science*
de hoy. Le he pedido por favor repasarlo en el coche con él

y ha puesto la radio a todo volumen. No puedo ir así a clase, mamá. Voy a suspender.

—Tranquilo. Vamos por partes. Primero el Apiretal para tu hermana y el desayuno ecológico para el pequeño. —Se echó a reír por no llorar delante de los niños—. Luego, repasamos juntos el examen. Vas a sacar unas notazas, como siempre —animó a su hijo—. Respira y no te preocupes. Yo te ayudo en todo. Mamá está aquí. Recuérdalo.

Rebeca siempre había tenido especial cuidado en velar por la buena alimentación de los niños y de ella.

—La salud llega desde el interior —solía repetir.

En su casa siempre había botes con complejos vitamínicos y seguía, no solo los consejos de los médicos que asesoraban a los bailarines de la compañía, sino también estaba en contacto con otros profesionales especializados en medicina ambiental. Doctoras que explicaban con detalle la importancia de tomar suplementos de vitamina C, omega 3, magnesio, chlorella, espirulina, jengibre o ajo negro. Empezó a hacerlo cuando estaba casada con el quídam, ya que enfermaba con frecuencia y sentía un cansancio permanente. Al final, su mermada fragilidad emocional también trastocó su fuerza física.

Una mañana, al entrar en la cocina, encontró al quídam haciendo fotos.

—Voy a demostrar que estás loca y, cuando consiga echarte de casa, ni siquiera te van a dejar acercarte a los niños. Todos estos botes no son más que remedios de hechiceros, brujas y nigromantes. Aquí no se practica vudú, loca.

Y con esa contundencia salió con el móvil cargado de fotos de botes de vitaminas.

7

LA NIETA DEL EBANISTA

No se trata solo de llevar nueve meses y dar
a luz seres sanos de cuerpo, sino de darlos a
luz espiritualmente. Es decir, no solo de
vivir junto a ellos, con ellos, sino ante ellos.
Creo más que todo en la fuerza del ejemplo.

VICTORIA OCAMPO

—Abuelo, ¿qué es ser ebanista?

Yo tenía cinco años. Mi abuelo Paco acababa de entrar por la puerta de aquella enorme casa de la calle Rodríguez Villa, en torno a la que cada fin de semana se concentraba el feliz bullicio familiar de un cónclave numerosísimo. Colgó en el perchero de la entrada su oscuro sombrero elegante, típico de los cincuenta, y dejó el bastón en el paragüero de cerezo que había junto a la puerta.

—Es ser un artesano de la madera, Rebeca, amarla, cuidarla, tallarla, mimarla y ayudarla a que dé lo mejor de sí. Es un trabajo de amor —respondió con ternura.

Mi abuelo Paco había sido el propietario de la prestigiosa ebanistería de la calle Maldonado. Fue un hombre trabajador, honrado, taurino, de derechas y con un férreo sentido de la disciplina. Mi padre fue el pequeño de tres hermanos y, salvo lo de taurino, de derechas y la ebanistería, heredó todo lo demás. Su infancia durante la posguerra fue infinitamente más feliz, más acomodada y más próspera que la de mi madre. Pero aquella bonanza no lo convirtió en un cretino arrogante, más bien al contrario. Aunque contaba siempre que fue el primer niño del barrio en tener bici, nunca se posicionó del lado del poderoso, sino siempre del débil, de quienes le necesitaron, y acudió presto y solícito a ayudar a todo aquel que se lo pidió.

—¡Abuelooo! —Entraba emocionada en aquella casa de la calle Rodríguez Villa que tantas horas de felicidad regaló a todos los primos—. ¿Han llegado los Reyes?

De mi abuelo Paco recuerdo siempre su talento creativo. En Navidad cada nieto recibíamos, junto al regalo de sus majestades de Oriente, un dibujo que él había elaborado delicadamente exprofeso para cada uno de nosotros. Cuando nos hicimos mayores, siguió haciendo dibujos y cambió el regalo por un sobre con dinero, que nos venía mejor y con el que nos inculcaba aquella mentalidad tan suya del ahorro. «Para la hucha», nos decía con esa seriedad a la que a veces se le escapaba una sonrisa.

Mi abuelo habría sido un gran personaje de novela. Le recuerdo siempre impecable. Nunca le faltó su sombrero elegante y su traje impoluto. Uno de mis primeros amores de ficción fue Fred Astaire y, en más de una ocasión, he pensado que fue porque mi abuelo guardaba un cierto parecido con la estrella hollywoodense del claqué.

Admiraba el matrimonio que formaron mis abuelos Paco y Pilar, cómo lograban que su casa fuese el cuartel general de nuestra inmensa familia. Hasta primos de segundo y tercer grado acudían, felices, cada fin de semana porque aquello era una fiesta permanente: allí se cantaba, se bailaba, se jugaba al tute, al mus, a la brisca… y, con suerte, incluso a los más pequeños nos dejaban jugar al bingo con algo de dinero, cosa que para nosotros, entonces, representaba el deleite máximo.

—Rebeca, eres la heredera universal de tu abuela Pilar.

La revelación de Ana, la consteladora familiar, no me sorprendió.

Cuando mi madre cayó enferma, acudí a un taller de constelación familiar. Tenía tal sensación de abatimiento y tristeza que necesitaba encontrar asideros emocionales. Acudí a la consulta de una consteladora que venía con los mejores avales de mi psicóloga Carla y que me explicó lo que significaba ser heredera universal de un miembro de tu clan familiar. Se trata de ser algo así como el favorito de esa persona que ha fallecido y de la que, de algún modo, heredas sus programas y su información.

Nunca me sentí la preferida de los nietos y nietas de mi abuela Pilar, pero siempre la admiré. Una lucense fuerte, profundamente enraizada a la tierra y con una clara conciencia del sentido y la importancia de la familia. En torno a ella y a sus inigualables rosquillas giró toda aquella divertida y variopinta tribu cada fin de semana durante décadas. La recuerdo laboriosa y tranquila amasando sus fabulosas rosquillas a los compases de doña Concha Piquer y con el canto alborozado de su inseparable canario amarillo, que tantas veces alegró con sus pequeñas destrezas operísticas los encuentros familiares.

En ese ambiente de apego y amor familiar se crio mi

padre. Mi madre, sin embargo, no corrió la misma suerte. La guerra y la posguerra acabaron con la próspera situación de su abuelo y de su familia. Su abuelo, Antonio Agustí, profesor de literatura, militar y, sospechamos, masón, murió en San Fernando un mes antes de entrar las tropas de Franco por Cádiz.

—Siempre se nos contó que cayó fulminado de un infarto, pero aún hoy algunos en la isla creen que fue un tema político vinculado con la masonería —contaba mi madre.

Tras la muerte de su padre, mi abuela, Concha Agustí y sus hermanos decidieron trasladarse a Madrid. Pero una capital en guerra no es buen lugar si, además, no se tienen ni contactos ni familia. A Madrid llegaron a sufrir las penurias de la posguerra. Mi abuela Concha se enamoró de Enrique, el chico guapo de la calle Eraso, y con él tuvo tres hijos, pero no suerte. Enrique estaba más tiempo fuera de la ciudad que en casa y seguramente paseando su belleza por más puertos que el madrileño. No estuvo ni como marido ni como padre, y seguramente tampoco hizo grandes aportes a la exigua economía familiar. Fue un padre y un abuelo ausente.

Lo conocí a los doce años; Tono tenía siete.

—Mamá, hay un hombre en la puerta —anunció mi hermano una tarde cuando sonó el timbre.

A través de la mirilla vio a un señor mayor al que no reconoció. Cuando mi madre regresó con el hombre a la cocina, donde Tono y yo estábamos merendando, nos dijo: «Es mi padre. Vuestro abuelo». Así entró en nuestras vidas, pero nunca desarrollamos ni amor ni apego por él porque sus ausencias eran constantes y acaso alternara una o varias vidas y familias paralelas. Para mí, ese momento de revelación fue desgarrador. ¿Debía tratar a ese hombre de la misma forma que a mi abuelo paterno? A día de hoy, cuando le recuerdo, nunca consigo llamarlo «abuelo».

Mi abuela cayó enferma muy joven y sin diagnóstico claro, así que mi madre y mis tíos tuvieron que salir adelante como pudieron. Mi tío Enrique y mi tía Concha empezaron pronto a trabajar y mi madre se quedó en casa cuidando de la abuela y la bisabuela, enfermas. A mi madre le tocó una infancia triste.

—¿Cuál ha sido el tiempo más feliz de tu vida, mamá?

Estábamos en el hospital, unos días antes de fallecer. Quería que se fuese en paz recordando los mejores momentos.

—Cuando estudié en la universidad para mayores —repuso con aquella voz frágil que me partía el corazón y con el cansancio acumulado de un párkinson implacable.

Me quedé perpleja, pero no insistí. Siempre había pensado que su época más feliz había sido la maternidad, cuando nacimos mi hermano y yo. Sin embargo, fui capaz de entender a aquella niña de posguerra y miseria que siempre quiso estudiar, pero que desde pequeña tuvo que limpiar, cocinar y cuidar enfermos.

Mi madre me enseñó a besar el pan antes de tirarlo. Nunca me explicó por qué lo besaba, pero yo siempre lo respeté y la imité. Años después lo entendí leyendo un libro de Almudena Grandes, *Los besos en el pan*, donde contaba que esta costumbre simbolizaba la España de la posguerra, la

España que sufrió penurias y escasez. Beso el pan desde niña copiando aquello que le veía hacer a mi madre sin entenderla. Entonces, y durante mucho tiempo, lo hacía a escondidas porque me avergonzaba de aquel gesto. Hoy, con la edad y el conocimiento, lo hago con emoción, sin esconderme y como homenaje a mi madre, cuya infancia truncó una dictadura atroz.

Siempre he dicho que somos de dónde venimos. Para entendernos bien es necesario primero saber de qué lugar venimos y en qué circunstancias hemos llegado hasta aquí.

Recuerdo una tarde en casa de mis padres. Mi padre ya había fallecido, mi madre y yo estábamos charlando en la cocina. Yo le leía unos poemas que había escrito la noche anterior y ella preparaba su exquisito revuelto de berenjenas. De fondo, bajito, se escuchaba la radio. Entonces, la presentadora animó a los oyentes a llamar para que contasen cuál era la canción de su vida y por qué.

—Venga, mamá, elige una canción que te recuerde a papá y llamamos a la emisora —dije con entusiasmo.

Mi madre era una mujer tímida y me costó convencerla, pero acabó accediendo. Tuvimos que repetir la llamada varias veces y armarnos de paciencia porque la centralita debía estar colapsada. Al fin, el productor nos cogió el teléfono y mi madre entró en directo en el programa de la tarde líder de audiencia en la radio. Yo la escuchaba feliz y le hacía señas para que hablase despacio y tranquila.

—Buenas tardes —saludó la presentadora—. ¿Desde qué ciudad de España nos llama?

—De Madrid —respondió mi madre.

—¿Cuál es la canción de su vida y por qué? —inquirió la presentadora con una sonrisa sincera que, aún sin verla, se le notaba en el tono de voz.

—Es «Ma vie», de Alain Barriere. Mi marido, que falleció hace unos años, y yo nos conocimos muy jóvenes. Cuando contábamos con una edad suficiente y tras varios años de relación como para poder viajar juntos, previo consentimiento de nuestras familias, pasamos un verano inolvidable en la Costa Brava. Paseábamos felices de la mano recorriendo sus pueblos costeros y recuerdo que durante todo aquel viaje nos acompañó esta canción, que ese verano se había puesto de moda y sonaba una y otra vez en los altavoces de todos los locales.

—Qué bonito. Vamos a escuchar en directo este tema de Alain Barriere. Para usted y su marido. Gracias por llamar.

Y la música sonó para toda España. Mi madre y yo nos sentamos a la mesa para escuchar juntas la canción, nos dimos la mano con emoción e invocamos el espíritu de mi padre sabiendo que, aún sin verle, él estaba también en la cocina.

No sé si los espíritus lloran, pero en la esquina de la mesa había una gota cuando terminó «Ma vie». Antes de sentarme yo había pasado un trapo seco para que las hojas de mis poemas ni se mojaran ni se mancharan. Mi exigente espíritu militar para el orden y la limpieza no entiende de imperfecciones, y esa manía mía se amplifica con lo literario. Así que tengo la certeza de que aquella gota-lágrima de la mesa no estaba antes de que empezase la canción.

Mi madre me sonrió enternecida. Ella jamás puso en duda

mis cosas de bruja, como siempre decía. Se limitó a decir: «Ojalá yo pudiese sentir y entender como tú, Rebeca». Se levantó y con sumo cuidado cogió la gota-lágrima con el dedo y se la llevó a los labios. Como un pacto de sangre, pero con agua. O con una lágrima proveniente de aquella realidad invisible que siempre me acompañaba.

«Ma vie» se ha quedado fijada en los parasiempre de mi vida después de que muriesen los dos. Mi madre falleció catorce años después de la muerte de mi padre. Ahora mismo, mientras escribo, suena en el salón y, con la excusa de ir a por agua, me acerco cada rato a la cocina por si esta vez me encuentro dos gotas-lágrima sobre la mesa de madera que heredé de mis abuelos. La mesa que talló y trabajó mi abuelo Paco con sus pulcras manos de ebanista y artesano que ama, cuida, mima y ayuda a que la madera dé lo mejor de sí. Un trabajo de amor, como lo describió cuando yo tenía cinco años. Y así es como yo sentí que nos habían criado. Ojalá mi madre hubiera tenido la misma suerte, la misma infancia que tuvimos sus hijos y que ella nos regaló.

Las palabras de Carla regresan a mi mente. ¿Cuántos duelos mantengo en danza como cuerdas tensas de las que no suelto el extremo que me anuda las manos? Escribir me expone a la memoria y sus maldiciones de una forma cruel, pero necesaria. El viaje a menudo no es tan solo emocional, sino físico. Desando el camino. Mientras regreso a la cocina, emocionalmente también vuelvo a la cocina de mi infancia, a la de mi madre, donde la vi tantas veces durante tantos años cimentando un hogar para nosotros, uno como el que ella nunca pudo tener. Regreso a la cocina, aunque no tengo sed.

«Ma vie» continúa embriagando el ambiente, invocando a mis padres.

Tal vez, ojalá, encuentre ahora esas dos gotas-lágrima de la mitad invisible.

Varios años y tres hijos después...

Quídam. Lunes, 17 de septiembre. 06.55.

De aquí no sacas ni una sola cosa más, ladrona. Vete a casa de la enferma de tu madre y no se te ocurra volver por aquí. Si lo haces, terminaré cambiando la cerradura. Vete a bailar con esa caterva de gitanos que tienes por familia y ándate con ojo con lo que haces porque, de momento, sigues siendo primera bailarina en una compañía de danza. Insisto, de momento. Si te portas bien y eres buena, no moveré hilos. En caso contrario, me obligarás a tomar decisiones que te perjudicarán mucho. Espero que tu cociente intelectual te permita entender bien lo que he querido decir.

Rebeca se había ido con los niños dos días antes a casa de su madre, cuando la aparición de bragas en los cajones empezó a asemejarse a una constante lluvia fina, mortificante e incesante. Por eso, y por el pendrive.

8

CUANDO TODO ERA POSIBLE

Enseñarás a volar,
pero no volarán tu vuelo.
Enseñarás a soñar,
pero no soñarán tu sueño.
Enseñarás a vivir,
pero no vivirán tu vida.
Sin embargo…
en cada vuelo,
en cada vida,
en cada sueño,
perdurará siempre la huella
del camino enseñado.

TERESA DE CALCUTA

Todos ellos, aunque ya no estuviesen físicamente cuando llegó, inmisericorde, la Bruja del Oeste, me han salvado.

La muerte de mi padre hace veinte años puso patas arriba nuestra estructura familiar. Hasta entonces nunca habíamos recibido un zarpazo tan hondo ni tan cercano.

Tras meses de dolor y sufrimiento, a mi hermano y a mí, agotados emocionalmente, nos tocó tomar decisiones y asistir a escenas para las que nadie nos había preparado: si queríamos o no incineración, qué tipo de ataúd elegir —color, tamaño, precio—, quién leería y qué en el funeral. Luego, el paseíllo absurdo de dos días por el tanatorio en el que algunos, ya por puro hastío de horas y horas allí, salían a comentar el último partido de fútbol o a echarse un cigarro en la despedida de una víctima de cáncer de pulmón, y el entierro bajo la lluvia al que acudió gente a la que nunca había visto para decirme vaguedades consabidas que ni necesitaba ni quería escuchar.

Desde entonces odio la liturgia de la muerte y me he preguntado muchas veces por qué no se hace de otra forma y por qué no se nos prepara con tiempo y desde niños para encajarlo sin tantas magulladuras.

—Deberías leer a Brian Weiss, Rebeca —sugirió la consteladora en una de las sesiones.

Pero no apunté el nombre del autor y con el paso de los meses olvidé su recomendación. Sin embargo, una tarde con mis hijos en la biblioteca Rafael Alberti ocurrió una de esas sincronicidades inexplicables.

Buscaba lecturas de cara a las vacaciones y, cuando fui a preguntar a una bibliotecaria por algunos títulos, cogí del suelo un libro que se había caído del carrito donde los usuarios hacían las devoluciones: *Muchas vidas, muchos maestros*, de Brian Weiss. Me sonaba el nombre, pero no terminaba de ubicarlo. Hice un rápido ejercicio de memoria y al fin recordé que meses atrás fue el autor del que me habló la terapeuta. Aunque había anotado otros títulos, me lo llevé sin dudar. Cuando en la vida ocurren estas causalidades, que no son casualidades, no hay que desoírlas. Se ha convertido no solo en mi libro de referencia y con el que más paz he conseguido encontrar, sino que se lo he regalado a amigos y familiares para que ellos también puedan tener herramientas frente al dolor cuando les toque afrontarlo.

En *Muchas vidas, muchos maestros* (y en sus libros posteriores, como *Lazos de amor* o *Muchos cuerpos, una misma alma*), Weiss, médico y psiquiatra estadounidense, describe cómo muchos pacientes en estado de hipnosis le relatan detalles asombrosos de vidas anteriores. Weiss es un referente mundial en la investigación sobre la reencarnación y sus libros se encuentran entre los más vendidos. Sea cierto o no, su obra constituye una puerta a la esperanza y, si hace veinte años hubiésemos sabido todo lo que explica, en mi familia habríamos transitado el duelo de mi padre de una forma menos traumática.

Según los estudios de este psiquiatra, nos reencarnamos en grupo y en la siguiente vida volvemos a encontrarnos en diferentes cuerpos, en diferentes escenarios y para llevar a cabo diferentes crecimientos personales, pendientes de la encarnación anterior. Pensar que en la siguiente encarnación mi padre podía ser mi hijo, mi hermano o mi mejor amiga me proporcionaba un cierto consuelo y abría mi mente a otras posibilidades de trascender y hallar un bálsamo al dolor.

Mi padre había dejado de fumar siete años antes de que le diagnosticasen aquel tumor con dos metástasis en el cerebelo.

—Se encuentra en una situación de grave riesgo si no deja de fumar de inmediato. Esa tos persistente es preocupante —advirtió su neumólogo.

Jamás lo vi volver a coger un cigarro. Seguramente eso hizo que viviese siete años más. Con todo, me costó asumir el diagnóstico cuando hacía mucho que se había alejado del tabaco.

—Hasta que no pasan diez años de haber abandonado el hábito y la adicción, no estás libre de riesgo —me explicó la oncóloga.

Como decía, mi padre dejó de fumar *ipso facto*, e igual de rápido se enganchó a otro vicio. Eso sí, menos dañino y más económico. Se convirtió en el adalid de las pipas que devoraba con pasión, sentado cada tarde de fin de semana en el sofá azul marino que mi madre había tapizado poco después de la advertencia del médico, por aquello, como dijo ella, de darle una nueva vida al sofá y más alegría al salón. En el cenicero ya no humeaban colillas de Marlboro, sino las cáscaras del taurino don Facundo. Recuerdo sus largas tardes de sábado concatenando wésterns de John Wayne. Desde mi habitación, justo enfrente del salón, al otro lado del pasillo, escuchaba el sonido de los disparos de los vaqueros y el crujir acompasado de las pipas de mi padre. Con la letanía de aquella peculiar banda sonora me saqué la carrera con mucho aburrimiento, pero sin mayor dificultad.

—Papá, la carrera de Periodismo es soporífera —confesé una tarde al terminar el primer año—. Lo mío es la danza, ya lo sabes.

Aunque había aprobado todo en junio y con buenas notas, la profesión que yo había imaginado nada tenía que ver con los textos interminables que nos hacían memorizar y que estaban en las antípodas de lo que es la redacción de un medio de comunicación.

—Realmente mi sueño es el baile, la literatura, la historia, la poesía. No me veo escribiendo sesudeces políticas en un periódico —dije decepcionada.

Mi padre me miró desde el fondo del salón, sentado en su sofá de patriarca, partió una última pipa ya presa entre los dientes y dejó las cáscaras en el cenicero de la mesita auxiliar. Se inclinó hacia delante y me miró con paciencia.

—Rebeca, espera un año más. Tal vez, el próximo curso

encuentres algo que te fascine. El periodismo abarca muchos ámbitos y seguro que en alguno de ellos encajan todas tus inquietudes.

Y, cómo no, mi padre —de mente práctica y pronta para el análisis— volvía a tener razón. Él había estudiado Periodismo en la Complutense y también se había sacado una titulación en la Cámara de Comercio porque le fascinaban los números y era muy bueno con las finanzas. Se encargó siempre y con gran eficacia de las cuentas de toda la familia, abuelos y tíos incluidos. Durante un tiempo fue uno de esos periodistas felices de sesudeces políticas cuando trabajó como redactor en la agencia Logos y desde donde le tocaría cubrir la noche de la muerte de Franco.

El periodismo nunca ha sido una profesión bien pagada, de modo que terminó renunciando cuando nacimos nosotros y le fichó una importante empresa petrolífera para cerrar acuerdos comerciales de carácter internacional. Nunca lo dijo, pero yo creo que el cambio no le hizo feliz. Allí trabajó durante más de cuarenta años, viajó por el mundo y nos llevó a conocer otras culturas y continentes, pero yo tuve siempre la sensación de que cada día leía los periódicos con la nostalgia de aquella renuncia.

Suspiré y volví a mi cuarto, entre disgustada por el aburrimiento del estudio y por saber en el fondo que mi padre volvía a tener razón.

En segundo de carrera descubrí la radio. O la radio me descubrió a mí, no lo sé. Vino a darnos un taller el que era, por aquel entonces, director de informativos de una emisora pública de radio. Después de que leyese una noticia, se dirigió a mí.

—¿Cómo se llama?

—Rebeca.

—Tiene usted una voz bonita y una muy buena puesta en antena.

Aquel día salí de la universidad con las ideas claras, por fin.

—Papá, ya sé lo que quiero hacer. Voy a terminar la carrera —afirmé, rotunda.

Sonrió, pero no me dijo nada. Estoy segura de que sintió un gran alivio, aunque no lo expresó.

Un par de años después, cuando cursaba cuarto de carrera, me presenté en el despacho de aquel director de informativos.

—Hola. Soy la chica de la voz bonita. No sé si se acuerda de mí. Me lo dijo en segundo. Imagino que no se lo irá diciendo a todos los alumnos y alumnas, así que vengo a que me dé el puesto más difícil que tenga. No me importa el horario y que no paguen. Solo quiero trabajar. Cuando lo conocí, pensé que usted podría ayudarme a conjugar mis dos pasiones, la danza y las letras, a través de la radio. Así que aquí estoy. Dispuesta a ello.

Le debió hacer gracia verme tan segura de mí misma y pensaría que lo más probable era que no aceptara fácilmente un no por respuesta. Por otra parte, él tampoco tenía nada que perder.

—La próxima temporada estrenamos un programa sobre cultura. Es de madrugada, los fines de semana y en directo.

No es un horario fácil y no cobrarás. Si es verdad lo que dices y pasas las pruebas de acceso, empiezas como guionista con una beca en septiembre.

Y con esta contundencia y brevedad me despachó. Desde entonces aquel programa semanal sobre cultura solo me ha dado madrugadas de felicidad infinita y un horario sencillo que me ha permitido conciliar el trabajo con mi familia y con la danza.

Llevo años pensando que yo cumplí el sueño de mi padre, aunque de alguna forma también he terminado haciéndolo mío. «La felicidad de lo que he vivido en estas décadas de profesión te lo debo a ti, papá», pienso muchas veces. Sin su firmeza terrenal y sin su estabilidad de hombre roca yo habría tirado la toalla aquel primer año de carrera. «Mi padre renunció a su sueño para que nosotros viviéramos mejor», pensaba mientras observaba con tristeza su parquedad. Solía ser un hombre serio, salvo en contadas ocasiones, y, por eso, me impactó tanto el sueño que tuve con él unos días después de su muerte.

—Quédate el sombrero favorito de Manolo y su abrigo loden. A él le habría hecho feliz que tú lo llevases.

Mi madre hablaba en la cocina con mi tío. Él respondió algo que no logré entender, pero sí recuerdo que tenía el mismo tono de voz grave y la cadencia exacta con que hablaba mi padre. Era la hora de la siesta, y caí profundamente dormida en el lado izquierdo de la cama de mis padres. Justo donde él dormía. No sé el tiempo que estuve así, pero sí recuerdo con gran claridad aquel sueño de hace veinte años.

—Rebeca, estoy aquí y os estoy cuidando. No me he ido. —Mi padre lucía la sonrisa más luminosa que jamás le había visto.

Además del impacto y la emoción del encuentro, sentí también una punzada de rabia: «Ya podías haber sonreído así alguna vez, con esa risa tan clara y esa felicidad tan inmensa». Pero eso debe ser la muerte o, según Weiss, el plácido estado entre vidas.

Por la noche le conté el sueño a mi madre, igual que le contaba desde niña todo cuanto me ocurría. No se sorprendió y noté que se debatía entre la infinita tristeza de la pérdida y la emoción de aquel reencuentro a través de su hija.

—Me alivia y me da paz. Te lo agradezco, Rebeca. Tienes una sensibilidad extraordinaria.

Aquellos días en casa estábamos más necesitados de serenidad y amor que nunca. Nos habíamos quedado los tres solos sin el hombre que había sido el escudo resistente que nos parapetaba de la adversidad.

Años después compartí con mi hermano un pensamiento que me rondaba.

—Siempre digo que el tiempo previo a la muerte de papá yo lo titularía «Cuando todo era posible». Fue el tiempo de las ilusiones, de albergar en el corazón tantas esperanzas, de aspirar a todos los sueños, sentía que nuestra familia era eterna, imbatible y fuerte.

—Y todo sigue siendo posible, Rebeca. —Mi hermano me tranquilizó con una sonrisa apaciguadora.

—Bueno… posible, pero con tristeza. Yo ya no tengo la ilusión incólume de entonces. Se nos han acumulado muchos duelos, hermano.

Según Brian Weiss, somos nosotros los que decidimos cuándo irnos y junto a quién. A mí entonces aún me quedaban muchos años para leerle, pero ahora, atando cabos, entiendo algunas de las cosas que pasaron.

A Tono le quedaba solo una asignatura para terminar la carrera de Historia cuando los médicos nos comunicaron que a mi padre le restaban unos meses.

—Puede que con el tratamiento de quimioterapia noten cambios de humor y algún comportamiento fuera de lo común —nos avisó el médico.

De los cambios nos dimos cuenta enseguida porque mi padre se obsesionó con el profesor de la universidad que había impedido que mi hermano obtuviera el título porque en su asignatura, una de más difíciles, había sacado un cuatro y medio. Tenía un expediente previo brillante, pero eso el profesor no tenía por qué saberlo ni tampoco la difícil situación que se estaba viviendo en casa.

—Soy Rebeca, la hermana de Tono.

Una mañana lo abordé en un pasillo de la facultad. El profesor me miró desconcertado, pero yo no había llegado tan lejos para callarme.

—Nuestro padre se está muriendo, padece un cáncer terminal y no puede irse sin saber que sus dos hijos tienen el título universitario por el que tanto ha luchado y trabajado. El expediente de mi hermano es brillante, puede comprobarlo. Si le hace esperar un año para repetir el examen, mi padre no vivirá para verlo, y yo no puedo dejar que se vaya así. Se lo suplico.

Hablaba desde las entrañas, desbordada por la emoción. El profesor me observaba, perplejo.

—Le he traído el informe médico de su oncólogo de La Paz. Si necesita hablar con él, puedo concertarle una llamada. Por favor, solo le pido que le repita el examen. En casa estamos atravesando una situación muy dolorosa y necesito que nos ayude.

Cogió el informe y me aseguró que tendría noticias suyas. A mi hermano no le conté nada de aquel atrevimiento. Unos días después me dijo, sorprendido, que el profesor le había llamado a su despacho y que le iba a repetir el examen. Esta vez sería una prueba oral.

«Estudia y no dependas de nadie», mi padre nos decía reiteradamente. Él fue el primero de su familia en tener estudios universitarios y, por eso, le parecía tan importante que nosotros los tuviésemos. Yo no podía dejarle ir sin que viviese la emoción de nuestras titulaciones. Entendí que era nuestra forma de reconocerle todos sus años de dedicación y esfuerzo.

Tono aprobó el examen oral y terminó la carrera de Historia justo a tiempo. Le dieron el título el mes antes de morir nuestro padre.

En secreto, yo sentí que también había cumplido la parte de mi misión. Nunca le conté a nadie que había asaltado por el pasillo a un profesor universitario. Eso sí, mi osadía sirvió para que mi padre se fuese con la tranquilidad de ver a sus dos hijos licenciados. Seguramente, y según Brian Weiss, es lo que debió pactar antes de encarnarse y nacer.

Mi padre nunca me dijo que se sentía orgulloso de mí. Era un hombre al que le costaba la emoción. Lo único bonito que recuerdo del tanatorio es que conocí a algunos de sus compañeros de trabajo.

—¿Eres Rebeca?

—Sí.

—Somos compañeros de trabajo de tu padre. Nos alegra mucho conocerte. Hablaba tanto y con tanto orgullo de ti. Lo sentimos muchísimo. Se ha ido un hombre bueno, Rebeca.

—Lo sé.

Y me fui a llorar al baño.

Mi padre había dejado el tabaco por las pipas siete años atrás. Yo me había sacado la carrera con el crujido de fondo de aquellas cáscaras que pelaba entre tiros de vaqueros.

Nunca he terminado de entender lo que ocurrió después del funeral y tras el sueño de la sonrisa luminosa. De noche, ya de madrugada, pasadas las tres, me desperté escuchando el crujido de las pipas en el salón. Me asusté. Se lo conté a mi madre y me dijo que intentase no darle importancia: «Son cosas del cerebro y los recuerdos». Pero estoy segura de que mi padre siguió sentándose cada noche en su sofá para ver las películas de John Wayne. Por eso, yo seguí escuchando durante tiempo el crujir de las pipas de madrugada.

Empecé a entender que caminamos sobre huellas.

Varios años y tres hijos después…

REENVIADO POR LA AMANTE. Miércoles, 7 de mayo. 18.45.

Buenas noches, querida mía. Rebeca acaba de encontrar más ropa interior tuya en el cajón de arriba de su mesilla de noche. Elegiste el lugar perfecto. Los vecinos han debido estremecerse con los gritos. Los niños no estaban en casa. Yo he hecho como siempre, observarla impasible cuando me ha lanzado su feroz mirada de reproche entre aullidos furiosos. He conseguido llevarla al límite sin apenas hacer nada. Conseguiré, con los gritos y el testimonio de los vecinos, que la terminen declarando incapacitada y me quedaré con todo: su dinero, las casas y los coches. El fin de semana tú y yo nos escapamos a Londres. Esta vez la excusa de la reunión con los ingleses es perfecta. El viernes te llevo tus braguitas.

Rebeca seguía recibiendo mensajes anónimos de la que, sospechaba, era o había sido una de las amantes de su marido.

Se encontraba agotada en lo emocional y se sentía profundamente frágil. Continuaba yendo a la psicóloga como último asidero de supervivencia. Más por sus hijos que por ella. Su autoestima había saltado por los aires y el director de la compañía de danza demostraba cada día menos comprensión ante sus retrasos y su falta de concentración. Rebeca no se veía con fuerzas, ni con confianza, como para contarle todo lo que estaba viviendo.

El torrente que fue se había ido, sin remisión, por el sumidero.

9

TU SILENCIO NO TE PROTEGERÁ

En los extravíos
nos esperan hallazgos,
porque es preciso perderse
para volver a encontrarse.

EDUARDO GALEANO

No había pasado ni un año de la boda y ya estaba embarazada. Primero llegó Carmen y, poco más de un año después, José Manuel. Año y medio más tarde Lucía. Desde el primer embarazo la Bruja del Oeste ya no nos dio tregua. Vino a quedarse para siempre. Mi madre comenzó a despedirse poco a poco, mientras en los fogones de mi casa empezaba a cocerse otra tragedia que yo no podía ni imaginar.

—Cállate, danzarinaególatra, y baja la mano. No se te ocurra pedir que te saquen al escenario, porque, si lo haces, me levanto, me voy y te quedas sola.

Me agarró del brazo de forma imperativa y tajante un domingo por la tarde en la sala de teatro La escalera de Jacob, en Lavapiés. Me quedé perpleja.

Estaba embarazada de ocho meses de nuestra primera hija y habíamos ido al teatro para ver el espectáculo de un mago que estaba cosechando muy buenas críticas. Siempre me ha gustado la magia y siempre he sentido esa curiosidad infantil de subir al escenario, cuando piden voluntarios, para intentar descubrir el truco, aún a riesgo de desilusionarme.

Años antes yo había visto el show de un conocido ilusionista en el que también me ofrecí de cobaya para la magia. Tenía que adivinar el número de cinco dígitos que él había escrito en una pizarra y que solo podía ver el público. Me tapó los ojos con las manos y fingió hacer un ejercicio de telepatía con el que supuestamente me transmitía, gracias a sus poderes mentales, el número de la pizarra.

Ni sentí ni percibí nada. En cambio, escuché perfectamente la voz que salía de una grabadora que él llevaba acoplada a la muñeca y que disimulaba bajo las mangas de la chaqueta.

—48.224 —escuché cuando el engranaje se activó y saltó el Play.

—¿Has escuchado la voz interior que te he transmitido con la fuerza y el poder de mi mente? —El ilusionista forzó los graves para impostar una voz cavernosa.

No daba crédito. Había descubierto el truco, una burda engañifa, y, encima, me convertía también en su cómplice. «¿Y si ahora le digo que se remangue la chaqueta para que puedan ver todos los espectadores los supuestos poderes de este mago timador?», pensé, decepcionada. Pese a la desilusión, no fui capaz de desenmascararle.

—48.224 —dije en voz alta.

—¿Puedes repetirlo? —pidió ufano.

—48.224 —repetí con voz firme para tratar de mantener la credibilidad, pese al engaño.

Se hizo el silencio. El ilusionista miró exultante al público que abarrotaba la sala. El aplauso cerrado duró varios minutos. Hubo bravos, vítores y público en pie. Yo me sentí fatal. Mis amigos estaban en primera fila mirándome perplejos. Cuando regresé a mi asiento, me inquirían con la mirada ansiosa por saber. Esbocé una sonrisa rápida y les hice una señal para indicarles que después les explicaría.

Aquello había ocurrido años antes. Nunca volví a un espectáculo de aquel ilusionista fatuo. Me decepcionó, no porque descubriese el truco, sino por la forma tan mediocre de hacer magia. A esta última, a la magia, nunca he renunciado. Así que, pese a aquello, he seguido disfrutando de múltiples espectáculos de ilusionismo.

Al de la Escalera de Jacob fui con un estado de gestación ya avanzada. Carmen fue una niña pacífica desde su concepción y nunca dio problemas, así que hice vida normal hasta prácticamente el día antes de dar a luz. Bajamos las escaleras y nos sentamos en una de las esquinas próximas a la salida para intentar evitar el tumulto entusiasta del público que abarrotaba el teatro. Atenuaron las luces y empezó el espectáculo. En el tercer número el mago pidió voluntarios. Yo ya estaba metida de lleno en el show y fascinada por los prodigios de aquel joven al que la crítica estaba encumbrando. Levanté la mano sin dudarlo, tratando de hacerme visible entre el mar de peticiones que se alzaron. «Además, qué divertido y tierno —pensé— que salga una mujer embarazada».

El mago comenzó a mirar despacio entre el público para elegir y, cuando estaba a punto de depositar su atención en mí, noté una intensa presión en el antebrazo y una fuerza imperiosa que me obligó a bajarlo de golpe.

—Cállate, patas de palo —era la primera vez que me llamaba así—, y baja la mano —dijo el quídam, cortante.

No entendí nada. Lo miré esperando una explicación.

—¡Que no quiero que llames más la atención! —espetó dando por zanjado el asunto por su parte.

El mago eligió a una chica sentada delante de mí. No llegó a percatarse de lo que había ocurrido. La función continuó, pero yo ya no pude seguirla ni con atención ni con entusiasmo. Mi mirada vagaba por un infinito incierto que anticipaba las tristezas por venir. Pensé en mi vientre y en aquella niña, nuestra hija, a la que le ponía desde hacía meses la voz inconfundible del poeta Ángel González con el deseo de que creciese en ella esa pasión por la poesía en la que tanta felicidad había encontrado yo.

Mi intuición me anunciaba nubarrones, pero me sentía tan frágil ante la responsabilidad enorme de traer aquella pequeña y preciosa vida al mundo que trataba de eludir cualquier conato de conflicto.

No conseguía entender lo que había ocurrido y, aunque en los días posteriores insistí, él volvió a enrocarse, frío y distante, como con el revelador incidente de las bragas. Mostraba de nuevo nula empatía y los primeros atisbos de una inquietante frialdad.

Lo de aquel día fue una gota en el océano de desprecios y humillaciones posteriores. Para mí, la primera gota clara, y ya empezaban a no caber las justificaciones. Sin embargo, volví a callarme. Pero de nada sirvió.

Estaba a punto de dar a luz, me sentía más débil que nunca y echaba tanto de menos la fuerza protectora de mi padre. Ni se me pasó por la cabeza contárselo a mi madre. El párkinson la iba minando poco a poco y su médico nos había advertido de la necesidad de ayudarla a mantener una vida lo más tranquila y rutinaria posible.

Visto con la perspectiva de los años no sé si hoy le diría a aquella frágil Rebeca que se hubiese atrevido a ponerle voz a lo que ya empezaba a percibir de una forma tan evidente. En aquel momento, sin embargo, aquella madre primeriza solo pensaba en garantizar para su hija Carmen un final de embarazo sosegado e ilusionante. Su vida se abría paso, mientras la de mi madre se apagaba discreta y tenuemente.

Me venían cual letanía retazos de aquella canción que tanto y con tanta emoción cantaba mi padre en casa: «Romance de Curro el Palmo».

La vida y la muerte
bordada en la boca
tenía Merceditas
la del guardarropa.

Sentía que llevaba la vida de mi hija y la muerte de mi madre pintadas en la boca. Y no tenía fuerzas para librar más batallas.

Años después leí una entrevista con una fiscala especializada en violencia de género. Afirmaba: «Si la violencia no se para, va a más. Por eso, es importante que las mujeres se atrevan a denunciar, porque sus silencios nunca las protegerán». Pero, entonces, yo estaba tan débil que solo podía callar. Y, además, ni siquiera era capaz de ponerle nombre a aquello que me estaba pasando.

Varios años y tres hijos después...

Quídam. Martes, 12 de noviembre. 06.44.

Búscate la vida. No voy a ayudarte a encontrar fotos que has perdido tú sola. Si querías un padre para tus hijos, no haberte ido de casa. ¿Creías que ibas a poder organizarte sola? ¿Pensabas que sin mí las cosas serían más fáciles? ¿Os reíais tu madre y tú a mis espaldas pensando que solas ibais a poder con todo? Enhorabuena, madre coraje, a ver cómo te apañas ahora para el trabajo de los niños estas Navidades. Van a ser los únicos que no puedan entregarlo. Qué ingenua has sido siempre, aspirante a bailarina que no llega a titiritera. No cuentes conmigo para nada. Y así, de aquí en adelante. Verás cómo te lo vas a pasar. Me sentaré con palomitas a disfrutarlo.

Rebeca le había pedido al quídam algunas fotos de los niños de cuando eran pequeños. Había perdido el móvil y no conservaba ninguna. En el colegio les habían propuesto como actividad de final de trimestre, para Navidad, realizar la caja de la vida, un proyecto con fotografías de cada año desde que nacieron. Con esas fotos empapelaban la caja y dentro metían algunos de sus juguetes y recuerdos favoritos.

Rebeca se echó a llorar. Desesperada. Sentía que no podía ni con más frentes ni con más gestiones. Esa mañana tenía que llevar a los niños al colegio y después llegar temprano al ensayo en el Matadero, ya que se decidía quién protagonizaría una coreografía del maestro Granados para una actuación especial en Sevilla.

En ese momento, le entró un wasap de su hermano.

Te invito a comer, hermanita.

Perdóname, cariño, estoy fatal. He perdido todas las fotos de cuando los niños eran pequeños, las necesitan para un trabajo del cole y el sinvergüenza este se niega a darme ninguna. Hoy no puedo comer. Voy a hablar con los tutores para intentar encontrar una solución.

Su hermano tardó unos minutos en responder.

Aquí tienes, hermanita.

Y le envió fotos de los tres pequeños, de cada año de su vida y una familiar conjunta «para rematar la jugada con chulería», escribió. Él siempre había presumido de sentirse de Madrid Madrid y ser gato gato. Y cada vez que podía lo demostraba. Trató de sacarle una sonrisa.

No me lo puedo creer. Eres increíble. El mago de mi vida.
Gracias por cuidarme y por hacerme feliz en mitad de esta
tormenta que arrecia sin cesar.

Eres una poeta deprimida, pero una poeta.
Deberías plantearte denunciar, Rebeca.
Son cosas muy graves.

Ya tengo la custodia, tras ese último juicio arduo en el que
la jueza ha sido capaz de ver todo esto. Ahora mismo no
quiero abrir más frentes. Aspiro a vivir en paz.

Eso no es paz, Rebeca.
Pero lo hablamos luego, a las dos, en el café Gijón.
Tienen menú. Te invito, me recitas unos versos y te animas.

10

EL DOLOR TIENE MALA PRENSA

El dolor tiene mala prensa, pero es un gran recurso sumergirse en él. Tiene la potencialidad de llevarnos de la orilla de la devastación a la orilla de la transformación.

JOAN GARRIGA

La escena se desarrolla en la consulta de un prestigioso psiquiatra, el doctor Márquez, en la colonia de El Viso. Es un despacho elegante y sobrio, y de las paredes cuelgan multitud de títulos y reconocimientos a la excelencia de su profesionalidad. La tenue luz invita a la confesión íntima y pausada. La nieta del ebanista repara casi con deformación profesional en la solemne mesa del despacho. El doctor todavía no ha llegado. Mientras lo espero, la observo con detenimiento.

Es una pieza preciosa de estilo clásico elaborada con nogal americano y marquetería de limoncillo. Los herrajes de bronce son perfectos y de los nueve cajones tres tienen llave. Mi abuelo Paco me habría escuchado orgulloso desplegar todos aquellos conocimientos en ebanistería.

«¿Qué expedientes guardará bajo llave en esos cajones?», me pregunto con curiosidad periodística.

En los años que llevo casada he aprendido que depositar la atención en cosas ajenas a mi drama me ayuda a mitigar el dolor y poner distancia con mi propia lavadora mental, que cuando centrifuga es un cóctel de emociones difíciles de canalizar.

El psiquiatra se disculpa por sus diez minutos de retraso. Es un hombre alto, corpulento y de caminar pausado. Toma asiento y me sonríe con amabilidad y cercanía.

—Buenas tardes, Rebeca. Cuénteme.

Me deja hablar durante más de quince minutos sin interrumpirme. Me escucha atentamente. Le detallo con minuciosidad los problemas que está atravesando mi matrimonio y las extrañas reacciones de mi marido. En ese momento, estoy embarazada de José Manuel, nuestro segundo hijo. El doctor Márquez es un hombre analítico que se explica con tacto y claridad.

—Lo que no entiendo bien, Rebeca, es a qué ha venido usted aquí. Lo que tiene son diferencias en su matrimonio, no un problema psiquiátrico —aduce, sereno, pero con una cierta perplejidad.

—Bueno… —titubeo unos segundos—. En realidad, me ha obligado mi marido. Dice que grito mucho en las discusiones y que, si no venía a verle a usted, se divorciaba. Yo ahora solo busco la paz familiar y dar a luz a nuestro segundo hijo con la mayor tranquilidad e ilusión posibles.

—¿Y por qué la obliga a venir a verme a mí? —Márquez sigue sin comprender.

—Porque le está tratando la depresión y le considera un buen profesional.

—¿Cómo se llama su marido?

Cuando le digo el nombre noto que su serenidad se desvanece.

—Este hombre es cuadriculado. Es que no entiende, no entiende… —balbucea sin dar crédito y haciendo esfuerzos por morderse la lengua y no contar más de la cuenta.

Recompone el rictus al ver mi cara de asombro y, retomando la calma, continúa con mucho tacto y esmerándose en hablar despacio.

—Ustedes, Rebeca, tienen un problema de pareja, y eso se trata en terapia con un buen psicólogo o psicóloga. Usted no presenta ningún trastorno psiquiátrico como para venir aquí —concluye tratando de transmitir serenidad, aunque me doy cuenta de que aún estaba intentando salir de su estupefacción.

Salgo de la consulta agradeciéndole su tiempo y con una cierta inquietud. Camino hasta el coche, que había aparcado cerca de la calle donde vivieron mis abuelos y a cuya puerta me paro con frecuencia para evocar todas las horas felices de mi infancia. Es un paseo lento, triste y reflexivo. No logro entender la reacción del psiquiatra. «Si realmente está tratando a mi marido de una depresión, «¿por qué ha reaccionado de una forma tan virulenta contra él? ¿Por qué se esfuerza para no contarme más? Si es una depresión, debería haberme recomendado que le cuidase y que le apoyara para que saliese pronto de ella», pienso. «Al ver mi cara de estupefacción, ha debido pensar que había hablado más de la cuenta y ha cambiado rápido de actitud y discurso. Ahora la que no entiende nada soy yo».

Antes de llegar al coche, me siento en el banco de enfrente de la casa de mis abuelos. Necesito tomar algo de aire porque el corazón se me ha acelerado entre el paseo, el embarazo y una sospecha que aún no soy capaz de concretar y que empieza a tejerse en mi cabeza. Busco en el móvil el teléfono del seguro médico y llamo a la psicóloga que me ha recomendado el psiquiatra.

Un mes después. En la consulta de la psicóloga Carla Marcos, en la avenida de la Memoria. Un despacho de paredes blancas y con un amplio ventanal que da luminosidad a un espacio pulcro en el que la mesa de nogal del doctor Márquez se ha sustituido por dos cómodos sillones nórdicos de color beige. Sobre una pequeña mesa, junto al butacón de la paciente, hay una caja de clínex, un vaso y una botella de agua. La doctora tiene la edad de Rebeca, es una mujer atractiva, sonriente y con una preciosa melena cobriza. Espera a la paciente sentada en el butacón de la izquierda y la invita a sentarse frente a ella.

—Buenas tardes, Rebeca. ¿Cómo está? —Su sonrisa es franca.

—Buenas tardes, Carla. La verdad es que estoy mal —respondo con sinceridad—. Me faltan algunos meses para dar a luz a mi segundo hijo y en mi matrimonio los problemas se han precipitado. No consigo entender qué está pasando.

—Tranquila. Estoy aquí para escucharla. Comience por el principio.

Es la primera vez que acudo a terapia de pareja. He ido sola y con una cierta aprensión.

—¿Podría empezar primero contándole lo último que ha ocurrido? Ha sido este domingo y estoy preocupada.

—Por supuesto.

—Volvíamos en el coche de pasar el fin de semana en el campo. Conducía yo. Detrás, en la sillita, iba nuestra hija Carmen. Él iba en el asiento del copiloto. Eran las cuatro de la tarde y le comenté que me estaba quedando dormida, que sería bueno parar porque aún quedaba media hora para llegar a Madrid.

Carla escucha con atención.

—En el suelo del coche él había colocado una nevera portátil donde llevaba Coca-Colas heladas. Noté que se agachaba lentamente y cogía la botella más grande. Quitó el tapón y la abrió. Yo seguía conduciendo; era una vía de un solo carril y tenía que concentrarme en lo que hacía. Me echó la botella de Coca-Cola por la cabeza y me soltó con frialdad: «Así te espabilas». Di un volantazo porque el refresco pegajoso me caía por los ojos y me nublaba la vista. Afortunadamente, en ese momento no circulaba ningún coche por el carril contrario y pude volver a tomar el control del volante.

—¿Dice que la niña también iba en el coche?

—Sí, sí. Carmen iba detrás. Le grité asustada que si estaba loco, que podíamos haber tenido un accidente y habernos matado. Él no se inmutó. A mí se me aceleró el corazón y enseguida noté unas patadas en la tripa de nuestro hijo José Manuel, que del impacto debió asustarse. A mí, por el shock, el sueño se me pasó de golpe y llegamos a Madrid sin dirigirnos la palabra.

Carla sigue con atención y en silencio todo lo que le cuento. Le explico también que estoy allí porque el psiquiatra Pedro Márquez me ha derivado a ella para hacer terapia de pareja después de que mi marido me obligase a acudir a su consulta psiquiátrica bajo la amenaza de divorciarse.

—Nunca he tenido miedo a un divorcio o una separación, pero me encuentro en un momento muy delicado. Mi madre está muy enferma, con un párkinson que avanza rápidamente, mi padre murió hace años, estoy embarazada de nuestro segundo hijo y la pequeña tiene poco más de un año. Ahora mismo no me encuentro con fuerzas como para asumir un divorcio de un hombre al que, le confieso, le he empezado a coger miedo. La gelidez de sus reacciones me preocupa y esa ausencia absoluta de empatía me tiene desconcertada.

Le explico los inicios de nuestra relación, el irrefrenable flechazo tras la bañera chamánica de Panamá, la intensidad épica de los primeros meses, la propuesta casi inmediata de matrimonio, el aviso de la tarotista, la magia y la emoción de la boda, pero también el sospechoso incidente de las bragas, su virulenta reacción agarrándome del brazo para prohibirme subir al escenario y participar en el espectáculo de magia, el deseado primer embarazo y el resto de lo que ha ido llegando después.

Vomito todo en la primera hora y media de sesión. Carla no me interrumpe ni una sola vez.

—Cuando vea a su marido, déjele el teléfono de la consulta. Entiendo que se trata de una terapia de pareja a la que están dispuestos a venir los dos.

—En eso confío. Mi intención es tratar de entender qué está pasando y poder arreglarlo. Mi hermano, que no conoce todos los detalles porque no quiero disgustar a la familia, me dijo hace unos días que nos habíamos casado muy rápido y que, con dos niños pequeños, había que intentar luchar para no separarse también rápido. Y entiendo que tiene razón.

Carla asiente, despacio, aunque con cautela. Se esfuerza en no hacer gestos que delaten sus pensamientos, supongo, porque su misión como especialista es, primero, recabar información, analizar nuestra situación desde todas las aristas posibles sin lagunas ni medias verdades. Me transmite profesionalidad, calma. Confieso que, tras aquella primera evaluación y toma de contacto, siento que aquello se empieza a encauzar, que podríamos encontrar una solución.

—Por eso estoy aquí —insisto con una cierta esperanza.

Pero con un narcisista no caben las esperanzas.

Varios años y tres hijos después…

MENSAJE ANÓNIMO DE UNA MUJER. Miércoles, 4 de marzo. 17.14.

Hola, Rebeca. No te diré mi nombre ni me identificaré de ninguna forma, pero quiero ayudarte. No soy ninguna amante despechada ni una aventura furtiva. Soy alguien que ha conocido todo muy de cerca, aunque he tardado en darme cuenta de la gravedad de lo que estaba ocurriendo. Durante tiempo tu exmarido consiguió convencerme de que tú estabas desquiciada, completamente loca, decía, y me contaba que le perseguías con tus acusaciones de infidelidad, en su día, y desatención a los niños, después. Me ha costado tiempo descubrir la verdad y salir de esa trampa de seducción y encantamiento que él tiende a sus parejas. Solo quiero decirte que he sido testigo de su obsesión contigo, de cómo busca hacerte daño a toda costa y de cómo no le importa utilizar a vuestros propios hijos para conseguirlo. He visto tantas cosas, Rebeca.

A los niños les da comida caducada, quita la tapa de los

yogures para que no puedan ver la fecha, les compra las zapatillas más baratas pese a que les dejan los pies llenos de heridas, se niega a hacer los deberes con ellos, se inventa excusas o viajes de trabajo para decirte que no puede atenderlos, los deja en casa de cualquier amiga para irse a jugar al golf durante horas, y así un sinfín de despropósitos. He salido aterrorizada de cuanto he visto y quiero dejar testimonio de esto por si puedo ayudarte.

De lo mío nada te he contado, pero salgo emocionalmente fustigada y llena de cicatrices. Te deseo lo mejor, Rebeca.

Este no era un mensaje como el de las anteriores examantes. Esta mujer parecía haber mantenido con él una relación más estable, profunda y prolongada en el tiempo.

Cuando lo leyó, Rebeca sintió una honda tristeza. No le revelaba nada que ella no sospechase, pero ratificaba con certeza sus temores.

En una mano tenía el móvil y en la otra una de esas infusiones ecológicas cuyos lemas en inglés leía siempre buscando sincronicidades. «Una señal del universo —pensó con la escasa ilusión que le quedaba— que consiga rescatarme, al menos, durante un rato».

Leyó en voz alta en la soledad de su habitación.

Let your need be to help those in need.

Rebeca se sintió uno de esos necesitados. Y agradeció la ayuda.

11

DESCENSO A LOS INFIERNOS

Realmente, casi no es necesario que hagamos
el bien. Lo que hace falta es que dejemos de
hacer el mal.

ISAAC ASIMOV

Unas semanas más tarde él acudió a la cita con la psicóloga. Sobre lo que allí trataron nada me contó, pero ya no hubo tiempo para que yo pudiese concertar un nuevo encuentro porque me puse de parto. Todo fue rápido y sin dificultad. Tras unos días en el hospital, nos mandaron a casa.

—Que te cuide tu madre —espetó con un tono frío nada más llegar—. Yo me ocuparé de los niños.

No respondí. No tenía fuerzas.

Quince días después del parto llamé para concertar una nueva cita con la psicóloga, pero volvieron a precipitarse los acontecimientos y tuve que retrasarla.

Me desperté de madrugada entre dolores. Fui al baño y apenas conseguí hacer pis. Cada gota que lograba expulsar me provocaba escalofríos y un dolor ácido me subía desde la vejiga. Me puse el termómetro y tenía fiebre.

—Tengo un dolor horrible —le dije al salir del baño—. Es un dolor que me deja doblada, y eso que tomé un analgésico antes de dormir. Creo que debería ir al hospital.

—Muy bien. Ya me escribes con lo que te diga el médico

—repuso desde la cama sin ninguna intención de acompañarme a urgencias.

—¿Quieres decir que vaya sola? ¿No me acompañas? —pregunté incrédula.

—No. Me quedo cuidando de los niños.

—Pero si no se quedan solos. La chica está durmiendo en la habitación de al lado.

—Bueno, avísame con lo que te digan. —Y, sin más, se dio la vuelta para seguir durmiendo.

—Me parece increíble tu comportamiento. ¿Me vas a dejar coger el coche sola e ir en este estado a urgencias? Eres un impresentable. —El dolor me había hecho perder por completo los nervios. Se lo dije gritando.

—También puedo apagar el móvil y ya me lo cuentas cuando vuelvas —soltó con una serenidad perversa.

Casi aullando de dolor e indignación salí escopetada hacia urgencias. Me atendieron rápido y los resultados estuvieron enseguida. Era un festivo de madrugada y apenas había pacientes en la UCI.

—¿Doña Rebeca Agustí? —preguntó la enfermera.

—Soy yo.

—Pase. La doctora quiere hablar con usted. —Me indicó con un gesto que la siguiese.

—Buenas noches, Rebeca —saludó la médica—. He visto que pasó usted por quirófano hace quince días porque acaba de ser madre, ¿verdad?

—Así es. Fue un parto sin dificultad y me mandaron pronto a casa. Lo que no entiendo es este dolor extremo que me ha despertado de madrugada.

—Seguramente se cogió en el quirófano la bacteria que hemos detectado en su análisis. Tiene una infección de orina por encima de los niveles máximos. Vamos a dejarla ingresada esta noche con una vía para poder administrarle antibióticos. El nivel de infección es tan alto que sola en casa y por vía oral no se la va a poder quitar —me dijo con tacto la doctora.

—Qué barbaridad —respondí con tristeza. Así me dolía tantísimo.

—Avise al familiar que la haya acompañado de que se queda ingresada esta noche.

—He venido sola… es que… mi marido se ha tenido que quedar con los niños —respondí dubitativa.

—Está bien. Comuníquelo en casa y la enfermera la acompañará al box.

—Gracias, doctora. —Salí con un agradecido apretón de manos.

Llamé con la esperanza de que hubiese encendido el móvil. A veces, es sorprendente la capacidad de esperanza e ingenuidad que podemos llegar a albergar los seres humanos.

«El móvil está apagado o fuera de cobertura».

Hora y media después de salir de casa, él seguía durmiendo sin ningún cargo de conciencia. La enfermera, una chica joven, risueña y enérgica, me llevó al box para ponerme la vía con los antibióticos y dejarme tumbada en una camilla para pasar la noche en el hospital. Mientras me pinchaba comencé a llorar. Un llanto silente pero visible.

—¿Le duele? —preguntó con cierta preocupación.

—No te preocupes, no lloro por el pinchazo. Es otro

dolor —la tranquilicé. «Un dolor más profundo, que me acompaña desde mucho más tiempo»—. Pero gracias por tu profesionalidad y por tu amabilidad.

—Si necesita cualquier cosa durante la noche, por favor, avíseme. Solo tiene que tocar aquí. —Señaló un botón y con una sonrisa cargada de ternura se fue.

¿Dónde estaba el hombre mágico, enamorado y carismático que años atrás me había suplicado que no le dejase caer, el que en Túnez me dijo que yo era la mujer que necesitaba, el que cuando me pidió matrimonio me confesó que nunca había amado a nadie así? El hombre que conocí en el Théâtre des Étoiles de París, cuando me estrené como primera bailarina con el *Fandango* del padre Soler, ¿dónde estaba?, ¿dónde estaba?, ¿dónde estaba? Me lo pregunté en bucle durante toda la noche.

Desde luego, donde no estaba era allí conmigo en el hospital. Eso estaba claro. El miedo, la rabia y la tristeza hicieron que no pudiese parar de llorar en toda la noche. Me sentía completamente sola.

En el duermevela de aquella madrugada soñé que ya no le temía y que era capaz de agarrarle por los hombros, zarandearle y gritarle: «¿Por qué has engullido al hombre del que me enamoré? ¿Quién eres? ¿Un áspid maligno que envenena cuerpos? Quiero que vuelva el escritor de historias románticas que me dejaba cada noche relatos en el hotel de París. Quiero que vuelva. Quiero que vuelva. Quiero que vuelva».

—¿Quiere beber algo, Rebeca? —Me pareció escuchar a la enfermera.

—Perdón, eh, no, no... —balbuceé aún medio dormida—. Debía estar soñando. ¿Me acercas mi teléfono móvil, por favor?

Volví a llamarlo. Eran las seis de la mañana. El móvil continuaba apagado. No lo había encendido ni una sola vez en toda la noche. No le importaba qué me había pasado, cómo estaba ni qué me había dicho el médico.

Tres horas después vino a verme la doctora.

—Le vamos a dar ya el alta, Rebeca. Ahora tendrá que seguir tomando la medicación en casa para controlar la infección.

En mi móvil no había ni una sola llamada, ni un solo mensaje. No quise preocupar a mi madre, así que decidí llamarla desde casa, como si esa noche no hubiese ocurrido nada. Cuando llegué, él ya se había ido a la oficina.

—No he pegado ojo en toda la noche por los niños, mamá —mentí—. ¿Te importaría venir y, mientras duermo, te ocupas de ellos?

Él regresó después de comer, justo para la siesta. Me saludó como si tal cosa y se fue a dormir. Cuando despertó cogió sus aparejos para la pesca y, sin más explicaciones, desapareció durante horas.

Concerté una nueva cita con Carla. Tenía una sensación de absoluta soledad y abandono. La psicóloga me dijo que, curiosamente, él la había llamado esa misma mañana también para pedir cita.

«Para mentir y tratar de justificar este comportamiento machista, indigno y aberrante», pensé. Estaba furiosa. Pero, al mismo tiempo, también buscaba desesperadamente disculparle.

«O tal vez porque en el fondo aún me sigue queriendo e intenta arreglarlo a través de la terapia». Mi dependencia y desesperación necesitaban aferrarse a algo para eludir ciegamente la única salida posible.

Varios años y tres hijos después...

REBECA. Viernes, 31 de julio. 21.15.

Acabo de abrir las maletas que les hice a los niños para esta quincena contigo. Te has quedado con todos los bañadores, las sandalias, las toallas y las gafas de bucear que les había comprado. Era todo nuevo. Aquí no tengo nada y salimos mañana de viaje. Por favor, tráemelo o me acerco yo.

QUÍDAM. Viernes, 31 de julio. 22.45.

Imposible. Estoy ya fuera de Madrid. Tú, que eres tan perseverante, seguro que sabrás encontrar una solución. Felices vacaciones.

12

ALMAS DE AZULES LUCEROS

Hay almas que tienen
azules luceros,
mañanas marchitas
entre hojas del tiempo,
y castos rincones
que guardan un viejo
rumor de nostalgias
y sueños.

Federico García Lorca

Sencillamente lo perdoné. No sabía si quería perdonarlo, si necesitaba perdonarlo o si me engañé pensando que lo había perdonado. Tampoco sé qué le contó a la psicóloga o qué le dijo ella, pero, tres días después de abandonarme a mi suerte y dejarme marchar sola a las urgencias del hospital, me envió a casa un ramo de flores de anturio para recordar los días felices de la boda en París y dos billetes de avión.

«Vuelvo a estar enamorado de ti», decía sencillamente la nota.

Unos meses después estábamos volando hacia la Selva Negra. Él sabía que años atrás yo había hecho un complejo puzle de dos mil piezas con el fabuloso castillo de Luis II de Baviera. Siempre había soñado con visitar el lugar en el que Disney se inspiró para el castillo de la Bella Durmiente.

«Primero lo construiré yo misma y después iré a conocerlo con la persona adecuada», me había prometido de joven mientras hacía aquel puzle dificilísimo. Tardé, con una paciencia infinita, casi un año en terminarlo. Mis padres y mis tíos venían a mi apartamento algunos fines de semana para ver cómo iba minuciosamente encajando las piezas. Compré un corcho gigante que ocupó buena parte del salón, y le eché horas y horas de paciente meticulosidad a aquella construcción. Cuando lo terminé, lo llevé a enmarcar y lo colgué en mi habitación de la casa de la playa de mis padres. «Un castillo mirando al mar», pensé. Y allí sigue.

Al palacio de Neuschwanstein, en Baviera, no vino a visitarnos la Bruja del Oeste. Tuvo la amabilidad de dejar pasar un tiempo prudencial.

—Siempre he soñado con conocer el palacio del primo excéntrico de Sisí —dije emocionada—. He fantaseado tanto con este viaje que me parece un sueño.

El palacio, considerado uno de los castillos más hermosos del mundo, se alza, espectacular, en medio de un paisaje alpino de lagos y montañas. Lo mandó construir el rey Luis II de Baviera, un personaje enigmático que llegó a ordenar levantar una cascada en su interior para poder contemplarla cada día desde su habitación.

—Para muchos este palacio es un moderno castillo de cuento de hadas. Luis II de Baviera organizó aquí gran cantidad de representaciones sobre leyendas y personajes medievales con los que él soñaba —nos iba explicando la guía.

Recordé, divertida, pese al paso de los años, mi vestido de novia medieval. «Seguro que al rey le habría encantado», pensé.

Y así, entre castillos y príncipes, en la mayor reserva natural de Baviera, transcurrieron aquellos días de paréntesis.

El entorno era tan propicio y el reencuentro fue tan bonito que del castillo del primo excéntrico de Sisí volví embarazada. Nueve meses después nació Lucía, nuestra tercera hija.

Ya habían pasado el número suficiente de cosas como para estar preocupada, pero, para mi sorpresa, respetó este tercer embarazo. Ingenuamente creí que la terapia con la psicóloga estaba funcionando, pero me confundía. Yo no pude acudir a ninguna sesión aquellos meses. Mucho después me contaron que él había regresado a su psiquiatra. Seguramente, durante aquel tiempo, se estuvo medicando.

—Hola, Rebeca. Qué alegría verte.

Volví a terapia con Carla unos meses después de dar a luz, cuando regresó la Bruja del Oeste para dejar ropa interior, de nuevo, en mis armarios. Volví a perder los papeles, le grité y le increpé ante su absoluta impasibilidad, que era lo que más me exasperaba porque sabía que, tras esa máscara inmutable, me estaba mintiendo.

—Te pido disculpas por no haber venido antes ni haberte llamado, Carla. —Me sentí culpable de no haber contactado con ella en aquel tiempo—. Tendría que haberte dado alguna explicación. Desaparecí sin más porque, tras una crisis complicada, las cosas parecieron reconducirse y volví a quedarme embarazada. —Me justifiqué.

—Es lógico, Rebeca. No te sientas mal. ¿Cómo estás ahora?

Y ahí empezó la terapia de verdad.

Varios años y tres hijos después...

REENVIADO POR LA AMANTE. Domingo, 16 de junio. 09.22.

Me ha llamado la muy loca gritando. Imagínate. Me dice
que cómo es posible que le devuelva siempre a los niños
enfermos, que con ella nunca se ponen malos. Tenías que
oírla. Lo que me he podido reír escuchándola fuera de sí.
Me amenazaba con que iba a empezar a pesar a los niños
antes y después de estar conmigo para demostrar lo
mal que les doy de comer, lo poco que los cuido y
lo mucho que adelgazan conmigo. Está para que la
encierren. Esta noche te cuento más. Tengo tantas, tantas,
tantas ganas de verte. El próximo fin de semana te invito al
nuevo hotel spa de Donosti. Me han hablado maravillas.
Le diré a la loca que estoy malo y que no puedo atender
a los niños. Que se encargue ella, que para eso le
pago tres pensiones.

13

LA VOZ DEL PERSEGUIDO

Porque la historia no la hacen solo los que creen hacerla, sino también los que la cuentan; y la voz del perseguido [...], esa voz es a la larga la que más alto suena.

GREGORIO MARAÑÓN

Carla me aconsejó que tratase de tener con él una conversación serena, sin reproches, y escucharle sin juzgarle.

—Yo no te voy a echar de esta casa —soltó, sereno, sentado en el sofá mientras leía el periódico—. Te vas a ir tú sola.

Yo acababa de entrar en el salón. Me quedé perpleja.

—No entiendo qué quieres decir. Las cosas han vuelto a estar mal. Es evidente, pero me gustaría intentar llegar a un acuerdo por nuestro bien y el de nuestros hijos, y, sobre todo, encontrar explicaciones —dije.

—La única explicación, y el único acuerdo posible, pasa por que salgas de esta casa. Siento vergüenza ante los vecinos por tus continuos gritos y desconfianzas —zanjó. Sin más, siguió leyendo el periódico.

—Me gustaría que me explicaras lo de la ropa interior —pedí con suavidad.

—Ya te he dicho que desconozco por completo de dónde ha salido. —Esbozó su cinismo en su media sonrisa insoportable—. Por favor, Rebeca, insisto, ahora estoy leyendo el periódico.

—No me puedes echar de casa —repliqué con angustia.

—Yo no he dicho que te vaya a echar de casa, Rebeca. Por favor, no tergiverses mis palabras. —Volvió a sonreír con sadismo—. He dicho simplemente que te vas a ir tú sola.

Dos días después aparecieron, de nuevo, en mis cajones cosas que no eran mías.

En el ambiente flotó durante semanas aquella amenaza difusa e inconcreta: «No te voy a echar de casa, te vas a ir tú sola».

La situación irreversible no se produjo de golpe. Todo se fue deconstruyendo de a poco. Los demás no veían lo que estaba pasando. La apariencia de puertas afuera era magnífica. En más de una ocasión, llegué a preguntarme si me estaba volviendo loca y era yo la que llevaba las cosas al límite y la que sufría una distorsión de la realidad.

«¿Y si la ropa interior es de la chica que nos ayuda en casa?», me decía. Pero se lo pregunté varias veces y ella siempre lo negaba.

—Tienes un marido maravilloso, Rebeca. —Se me acercó un día una vecina—. Lo vi el otro día en el parque dándole el biberón a la pequeña mientras no perdía de vista a los otros dos jugando en los toboganes. Hacéis una familia preciosa.

—Sí, es increíble. Siempre tan atento y tan pendiente de los niños —respondí disimulando mi amargura.

—Tendrías que ver lo que le cuesta al mío salir al parque a jugar con los niños, preparar biberones o cambiar pañales. Un desastre, el pobre.

Miré el reloj con premura.

—Voy a por leche, que están a punto de cerrar.

—Cuídate, Rebeca, pareces cansada.

«Seguro que esta no es una de las vecinas que escucha mis gritos. Y si lo es, pensará que soy una esposa pésima y desquiciada».

Pasé dos días en Santander con la compañía y llegué a casa agotada. Había podido pensar y decidí que quería arreglar mi matrimonio a toda costa. En el fondo, tenía terror a quedarme sola y un pánico tremendo al abandono. Le pedí a mi jefe más tiempo libre para poder conciliar y renuncié a una importante actuación en Tokio. El programa de cultura en la radio apenas me consumía tiempo porque era semanal, el equipo era fabuloso y me habían puesto un pequeño estudio en casa para no tener que ir a la emisora. Desde que nació Carmen me hicieron la vida fácil. Cobraba poco, pero trabajaba feliz.

Al entrar en casa todo estaba en silencio.

—Hola. ¿No hay nadie en casa?

Nadie respondió. Dejé la chaqueta y el bolso en la habitación y me dispuse a preparar una de mis infusiones favoritas, un *earl grey* de esos con mensaje en inglés que tanto me gustaban. Unos días antes había abierto uno que me resultó muy significativo: *Forgive every negative thing in your life. Forgive it to get out of it.* Pensé que el universo debía estar pidiéndome más paciencia, más resignación y más comprensión. «Tal vez, en el fondo, la culpable y la desconfiada sea yo, que siempre termino gritándole», me había fustigado.

Al abrir la puerta de la cocina se desvanecieron de golpe todos mis pensamientos sobre el perdón. La mente fría del quídam sabía perfectamente cómo dinamitar todos los resortes de mi paciencia.

Me encontré dos sartenes aún con restos de comida en el suelo, pegajosos trozos de mermelada que parecían untados a propósito en la mesa, decenas de platos sin fregar, un batallón de hormigas a la espera de un botín de galletas que habían quedado desparramadas en la encimera, moscas sobre el pastel de chocolate que nadie guardó en la nevera y leche vertida sobre los cojines nuevos de la rinconera.

Jamás me había encontrado la cocina así. Hice un esfuerzo enorme por respirar y no perder los nervios. Lo llamé y no me lo cogió. Tampoco sabía dónde estaban los niños. Llamé a la chica que ayudaba en casa y me dijo que, como yo estaba fuera, él le había dado dos días libres, que él se ocupaba solo de todo.

—¿Esto era ocuparse de todo? —grité en la soledad de la cocina.

Llamé a Carla y le conté todo. A mi familia preferí seguir manteniéndola al margen porque no quería preocuparles ni agravar con más disgustos la enfermedad de mi madre.

—No puedo más, Carla. Mi matrimonio hace aguas y no consigo entender qué está pasando. Hay un día bueno y diez malos. Ocurren cosas extrañas que me hacen preguntarme si me estoy volviendo loca. Encuentro ropa interior que no es mía en mis cajones, una madrugada me abandona a mi suerte obligándome a ir sola a las urgencias del hospital con una infección gravísima, me habla con una frialdad que da miedo y el otro día me dijo que yo terminaría yéndome de casa por mi propio pie. Ahora acabo de llegar, no hay nadie y la cocina está peor que un estercolero. No sé con quién estoy casada —solté todo, de golpe y casi sin respirar.

—Rebeca, por favor, primero cálmate. Estás muy alterada contándome muchas cosas a la vez y esto es para hablarlo despacio. Ven a la consulta ahora mismo y, si os encontráis, no se te ocurra gritarle, no dejes que te saque de tus casillas. Lo de hoy ha sido una clara provocación. Te espero.

Habló con un tono aún más sosegado de lo normal.

Tardé doce minutos en llegar.

Varios años y tres hijos después...

Mensaje reenviado de la amante. Sábado, 15 de mayo. 16.37.

¿Nos vemos esta tarde? Le he dicho a la bailarina de piernas de palo que hoy no puedo atender a los niños. La mayor tiene examen mañana y no tengo ninguna intención de ponerme a repasar con ella. Para eso la loca me sangra las pensiones cada mes. He reservado esta noche en nuestro restaurante favorito de Claudio Coello. A las 20.00 te recojo en casa. Ganas, ganas, ganas.

14

LAS SOMBRAS CAERÁN DETRÁS DE TI

Mantén tu rostro siempre hacia la luz del sol, y las sombras caerán detrás de ti.

WALT WHITMAN

Carla estaba sentada, como siempre, en el butacón blanco frente al amplio y luminoso ventanal. Sostenía un libro en la mano derecha. Era una tarde preciosa de primavera que contrastaba con mi borrasca interior. Se levantó y me abrazó con cariño.

—Tengo un libro para ti, Rebeca. Creo que va a ser muy útil para que entiendas lo que, sospecho, está pasando.

Tomé el libro y leí el título en voz alta: *El acoso moral. El maltrato psicológico en la vida cotidiana*, de Marie-France Hirigoyen.*

—¿Crees que es un maltratador psicológico?

—No te lo podría decir con exactitud. Me faltan datos, pero me gustaría que lo leyeses para que entiendas los patrones de comportamiento y vayamos viendo si encajan con él. No te puedo contar los pormenores de las charlas que

---

* Las citas que se reproducen en este capítulo a través del personaje de Carla pertenecen a la obra *El acoso moral*, de Marie-France Hirigoyen, Barcelona, Paidós, 2023. Traducción de Enrique Folch González. Publicado originalmente en francés por Éditions La Découverte, París, 1998 y 2003.

mantuve con tu marido, por una cuestión de secreto profesional y porque fueron muy pocas como para poder hacer un retrato preciso. Apenas vino a la consulta, pero lo poco que dijo fue para culpabilizarte a ti absolutamente de todo. Me pareció un tipo que sabe ser muy carismático y seductor en la conquista.

—En París conocí al hombre más increíble del mundo —recordé con nostalgia. Miré a través del ventanal y fijé mi atención en la robustez y firmeza del magnífico roble del otro lado de la calle. «Ser árbol», pensé. Y envidié esa vida sosegada.

Desde hacía unos meses escuchaba meditaciones guiadas por las noches y notaba, aunque puntualmente, una mejoría. Lo de ser árbol lo había escuchado en una de esas meditaciones y sinceramente me gustaba.

—«Mediante un proceso de acoso moral, o de maltrato psicológico, un individuo puede conseguir haces pedazos a otro. Por medio de palabras aparentemente anodinas, de alusiones, de insinuaciones o de cosas que no se dicen, es posible desestabilizar a alguien, o incluso destruirlo, sin que su círculo de allegados llegue a intervenir» —comenzó leyéndome Carla.

Tragué saliva.

—¿Quieres que siga, Rebeca?

—Sí, sí, por favor. Estoy tratando de encajar las piezas de este triste puzle.

—«El agresor puede así engrandecerse a costa de rebajar a los demás y evitar cualquier conflicto interior o cualquier estado de ánimo al descargar en el otro la responsabilidad de lo que no funciona. Sus víctimas no se dan cuenta de esa manipulación malévola. Intentan comprender y se sienten responsables».

—Claro —dije. Sentía un vacío enorme.

—«Cuando los perversos hablan con su víctima, suelen adoptar una voz fría, insulsa y monocorde. El perverso no suele alzar la voz, ni siquiera en los intercambios violentos. Deja que el otro se irrite solo, lo cual no puede hacer otra cosa que desestabilizarlo». Todo esto te suena, ¿verdad, Rebeca?

Mi cabeza había vuelto a la cocina destartalada. Volví a mirar al roble a través del ventanal. Una brisa primaveral había comenzado a agitar las hojas de las copas superiores. Asentí.

—«A los que no conocen el contexto y, por lo tanto, no pueden detectar segundas intenciones, las alusiones no les parecen desestabilizadoras. La víctima ya ha sido acorralada y esto la conduce a comportarse de un modo que irrita a sus allegados. Estos empiezan a verla como una persona desabrida, quejumbrosa y obsesiva».

—¿Soy víctima de un perverso narcisista? —Lo pregunté en voz alta, sin esperar respuesta.

—Rebeca, el próximo fin de semana una conocida terapeuta especializada en maltrato psicológico ofrece una charla en un teatro en Madrid sobre este tipo de perfiles. ¿Por qué no vas? Yo he comprado la entrada, podemos ir juntas.

—Me parece bien —respondí. Ni siquiera tenía fuerzas para decir que no.

En eso quedamos. Me fui a casa. Los niños y él aún no habían llegado. Me metí en la cocina y, con la cabeza aún en la consulta de Carla tratando de procesar todo lo que me había contado, empecé a recoger el ingente desaguisado.

Cuando él llegó, no le dije nada. Simplemente serví la cena sin gritos ni reproches. En un par de ocasiones, lo pillé observándome. Imagino que estaba desconcertado.

Varios años y tres hijos después...

¿Cuánta comprensión y paciencia crees que van a tener
los directores del ballet? Cogerte una baja solo va a hacer
que seas la primera en salir de todas las quinielas,
la primera en la lista de despedidos. Una bailarina de
piernas de palo, divorciada y madre de tres hijos.
¿Crees que con esas credenciales vas a llegar muy lejos?
Corre, bailarina sin piernas, las listas del INEM te están
esperando con los brazos abiertos.

15

TODOS LOS DESEOS ESTÁN MALDITOS

> En el fondo, todas las pasiones son trágicas todos los deseos están malditos, porque siempre conseguimos menos de lo que soñábamos.
>
> IRÈNE NÉMIROVSKY

Tras la consulta exprés de la tarde, aquella misma noche le mandé un e-mail a Carla. Necesitaba contarle algo que llevaba rondándome tiempo en la cabeza, una idea a la que nunca había querido poner palabras porque hasta ese momento solo había sido una sensación que mi inconsciente, tal vez, nunca había querido verbalizar.

Quise dejarlo por escrito, guiada por una frase que me acompañaba desde mi primera visita al museo de la escritora Emilia Pardo Bazán en A Coruña: «*Queda o que está escrito, todo o demais non queda*». Así que siguiendo los consejos de aquella gallega magistral comencé a escribir:

Querida Carla:

Aún no he querido ponerme con el libro que me has dejado. Le estoy dando vueltas a todo lo que hemos hablado esta tarde para procesarlo bien primero, antes de comenzar la lectura. Pensarás que es una locura lo que te voy a contar, pero cuando las cosas se empezaron a torcer en mi matrimonio hubo momentos en los que me venía, como una ráfaga repentina, el nombre de Hannibal Lecter. Sé que te parecerá delirante porque mi marido no es ningún asesino. Lo sé. Pero esa forma de intentar poner en marcha conmigo una sádica partida de ajedrez mental para llevarme al límite, la angustia que me generó al abandonarme la noche del hospital, su gelidez emocional al tirarme una botella de Coca-Cola pegajosa y helada por la cabeza, sus reacciones frías y su tono de voz monocorde con el misterio de la ropa interior, el no alterarse nunca y dejar que siempre sea yo la que termine estallando, gritando y perdiendo los papeles. Todo eso compone un *collage* extraño.

No soy psicóloga, no sé de etiquetas, pero sé que en ambos comportamientos existen algunos patrones paralelos.

También quería dejar por escrito otro miedo. Aún no sé exactamente a qué. Llevo meses acudiendo a una farmacia para recoger un paquete a su nombre que nunca me deja abrir. La farmacéutica me lo da sin receta y noto que me mira con curiosidad y hasta con cierta compasión. No sé qué hay dentro y ahora mismo tampoco sé si quiero saberlo.

De todo esto no me he atrevido a hablar con nadie. Nos vemos este fin de semana en el encuentro con la terapeuta.

Gracias por estar ahí y sostenerme,

REBECA

Varios años y tres hijos después...

Estimada señora Agustí:

Nos ponemos en contacto con usted para trasladarle la preocupación del profesorado ante el desagradable incidente que se produjo a la salida de la extraescolar de judo entre el padre y el tío de su hijo.

El padre, al que nunca habíamos visto, se presentó en la administración del centro diciendo que quería pagar la cuota y que le hiciésemos un justificante y la factura. Nos extrañó porque no le conocíamos, de modo que le pedimos que se identificase. En ese momento, apareció Tono, el tío del pequeño (quien los martes la acompaña a usted para recogerle) con la intención de pagar la mensualidad (siempre, además, la hemos cargado a la tarjeta de él), y la escena que siguió fue muy desagradable.

Su exmarido trató de abalanzarse sobre su hermano para intentar evitar que pagase. Uno de los trabajadores del centro tuvo que intervenir para evitar que la agresión fuera a mayores. Conseguimos que su exmarido se fuese, pero no nos dio tiempo a advertirle. Si se vuelve a producir una situación de este tipo nos veremos obligados a declarar al padre del niño *persona non grata* y no podrá volver a nuestras instalaciones.

Aquí nos tiene para lo que necesite.

Sintiéndolo muchísimo,

EQUIPO DE JUDO DOJO OLYMPO

Estimado equipo de judo:

Lo siento muchísimo. Lamentablemente, no es la primera vez que ocurre algo así. Intentaré que no vuelva a pasar. Ya he dado aviso a la policía. Mandarán una patrulla los próximos martes para evitar nuevos incidentes.

Mi exmarido no ha pagado ni una sola extraescolar en todos estos años, tampoco el seguro médico de nuestros hijos. En la sentencia de divorcio así quedó recogido y destacado. Los jueces lo tuvieron muy en cuenta, y ahora él trata de aparentar, a la desesperada, esa falsa normalidad acudiendo a recoger al pequeño cuando no le corresponde y pidiendo justificante y factura.

Lo siento muchísimo. Imagínense lo que es vivir así, con toda esta situación, a diario.

Gracias por su comprensión,

REBECA AGUSTÍ

16

HAY UN ÚLTIMO DÍA
PARA TODAS LAS COSAS

En las grandes crisis
el corazón se rompe
o se curte.

HONORÉ DE BALZAC

El fin de semana no pude ir a la charla de la terapeuta porque, como él mismo me anunció, yo sola me fui de casa.

Después de dejar a los niños en el colegio, pensé en el e-mail que le había mandado la noche anterior a la psicóloga. No tanto en el contenido, en si era o no apropiado, en si era o no preocupante, sino en los actos, mis movimientos, inmediatamente siguientes al hecho de redactarlo y darle a enviar. «No sé si cerré el ordenador», me escuché diciendo en voz alta en el coche de vuelta a casa. Cuando salí con los niños, él estaba aún desayunando. Tal vez aún siguiese en casa y estuviese ahora mismo delante del ordenador. Pisé el acelerador, aparqué en doble fila, subí las escaleras de dos en dos y, cuando entré en casa, ya se había ido. Fui a la habitación, comprobé el ordenador y no me pareció ver nada raro.

Bajé en el ascensor, recuperando el aliento y el pulso, y metí el coche en el garaje. La adrenalina me había generado ansiedad y el cuerpo me pidió su cuota de chocolate. Aquel miércoles libraba, así que me di el capricho de irme a La marquesita, la pastelería donde hacían mis palmeras de chocolate favoritas. Con un descafeinado con leche de avena, y más tranquila, empecé a leer el libro. No llevaba ni tres páginas cuando me llamó el portero.

—Rebeca, se ha dejado las llaves puestas en la puerta de casa. Me las acaba de bajar un vecino. Es usted la mujer más despistada que conozco, pero también la vecina más simpática. Hay que reconocerlo todo —dijo con cariño.

—Gracias, Pedro. Voy para allá enseguida. —Me reí—. Le llevo, como premio por aguantarme, la mejor palmera de chocolate de Madrid.

Media hora después le estaba dando la palmera, recogiendo las llaves y subiendo a casa a poner orden. Iba a estar sola en casa, le había dado el día libre a Belki.

Decidí empezar por la habitación del ordenador, también era donde jugaban los niños y solía ser la más revuelta. Antes de ponerme con la operación limpieza, encendí el ordenador para enviar un e-mail a la tutora de Carmen. Cuando me disponía a escribir, reparé en que él se había dejado un pendrive. Tuve dudas de si abrirlo o no. Temía lo que pudiese encontrar.

Me había servido un té con mensaje: *Change your life today. Don't gamble on the future, act now, without delay.* Recordé la charla con Carla y resolví no seguir escondiendo más cosas debajo de la alfombra. Repetirme en bucle «todo está bien, no pasa nada» no me conduciría más que a un fracaso mayor.

Con miedo, un cuidado extremo y muy despacio, abrí la

información que contenía aquel lápiz de memoria. Encontré de todo y nada bueno.

E-mails sentimentales y sexuales con diferentes mujeres; fotos del mismo tipo con esas mujeres en hoteles y restaurantes que no supe identificar; imágenes de esas mismas mujeres desnudas; detalles y claves que yo nunca le había dado de mis cuentas bancarias; datos privados de las cuentas bancarias de mi madre; el testamento de mi padre; las tres escrituras escaneadas de las casas de mi madre en Madrid y en la playa; y la contraseña para acceder a todos mis contactos, mensajes, comunicaciones, mails y wasaps en la nube.

De golpe, recordé las palabras de la tarotista: «Es un astuto licántropo. No te cases».

Pero siempre hay un último día para todas las cosas.

Poco tiempo después

QUÍDAM. Domingo, 12 de diciembre. 08.23.

¿Sabe tu familia lo de la infidelidad de tu tío? ¿Se lo cuentas tú o esperamos a que reciban un mensajito mío?

QUÍDAM. Domingo, 12 de diciembre. 08.24.

Si estás hablando con quien no debes, ya sabes lo que ocurrirá. Os perseguiré sin descanso. A ti y a tu familia de mediocres.

17

THE ONLY WAY

Dicen que la vida se puede recorrer por dos caminos. El bueno y el malo. Yo no creo eso. Yo más bien creo que son tres: el bueno, el malo y el que te dejan recorrer.

J. K. TOOLE

El descubrimiento me impactó tanto que durante las intensas horas posteriores ni siquiera fui capaz de reconocerme. Actué con tal cabeza fría que me sorprendí a mí misma.

Hice una copia del pendrive para no olvidar ni un solo día en los años venideros todo lo que había visto. Organicé las maletas de los niños, de la chica y la mía, llamé a mi hermano para que me ayudase a cambiar todas las claves y contraseñas, y avisé a mi madre, tratando de no preocuparla, de que necesitaba trasladarme con los niños a su casa durante un tiempo.

—¿Qué ha pasado, hija? —La noté intranquila.

—Nada, mamá, no te preocupes. Lo importante es que estoy bien y los niños también van a estar bien. —Traté de aparentar serenidad—. Además, me hace mucha ilusión volver a vivir contigo y compartirlo con los niños. —Eso era verdad. Aunque no me lo había dicho, sabía que se había quedado preocupada y ya bastante tenía con su enfermedad.

Saqué de la casa lo que pude, recogí a los niños en el

colegio, los dejé en casa de mi madre y me reuní con mi abogado.

—Estate atenta, Rebeca. Llevo tiempo viendo esto venir. Y por lo que me has contado de tu marido no sé si va a encajarlo bien por muchas amenazas previas que haya habido. Por otros casos que he llevado, los primeros días son delicados porque sus reacciones pueden ser inesperadas —me avisó.

—Hay un último día para todo —respondí rotunda—. Y la información que he descubierto en el pendrive ha rebasado todos los límites de lo admisible. Llevo años callando, aguantando, consintiendo, pero esto ya afecta directamente a mi familia. —Respiré profundamente y hablé despacio, tratando de no perder los nervios—. ¿Por qué tiene copias de las escrituras de las casas de mi madre? ¿De dónde ha sacado un duplicado del testamento de mi padre? ¿Cómo puede acceder a todas mis comunicaciones? Y, sobre todo, ¿cómo he podido estar tan ciega como para no ver sus reiteradas infidelidades con mujeres con las que se ha recorrido media España en hoteles de lujo? Me siento patética y humillada; no puedo seguir en esa casa ni un minuto más. Afrontaré lo que venga. Me centraré en sacar adelante a mis hijos y en estar al lado de mi madre el tiempo que le quede.

Mi abogado asintió. Ante aquella rotundidad no cabía añadir nada más.

El quídam no se enteró hasta la noche de lo que había pasado. Cuando volvió a casa.

Es reconfortante saber que sigues mis consejos. Supongo
que finalmente has tenido los huevos de irte con los niños
a casa de tu madre. Es lo mejor para todos.

No le respondí. Siempre necesitó tener la última palabra.
Lo que me sorprendió fue el lenguaje soez. Era la primera
vez que se lo escuchaba. «Sigue siendo sarcástico, pero pierde los papeles», pensé.

Como todo fue muy precipitado, ni siquiera tenía cuna para
Lucía. Nos apañamos como pudimos aquellas difíciles primeras semanas.

—Mi amiga Cristina te ha traído una cuna, un carrito de
paseo, sábanas de bebé, almohadas y biberones.

Cristina siempre había estado muy cerca de nuestra familia. A Tono lo consideraba un hermano de sangre y durante aquel tiempo fue de las personas que más vinieron a
vernos y más nos ayudaron.

Los amigos y la familia se organizaron rápido y nos proveyeron de lo más urgente. A la casa ya no pude volver.
A día de hoy aún hay cosas mías allí. No quise cogerme días
en el trabajo. Temía que si rompía más rutinas podría terminar estallando todo por los aires. Necesitaba mantener
una sensación de normalidad. O, al menos, aparentarlo.

—La vida debe continuar para evitar que los niños sufran
más. Recuerda nuestra película.

Sentía que la voz serena de mi padre me hablaba desde

esa mitad invisible. Se refería a *La vida es bella*. Así que con lo que unos y otros nos trajeron fuimos tirando.

Mientras nos arreglábamos en casa de mi madre como podíamos, el portero de la finca de la que había sido nuestra casa hasta hacía unos días nos contó que ya habían empezado a desfilar por allí varias mujeres, en su mayoría latinoamericanas, que hacían noche y salían temprano a la mañana siguiente llevando palos de golf, raquetas de tenis o simplemente la bici para disfrutar con él de una feliz e inaudita mañana de campo.

Como aún no había un convenio que regulase nuestra nueva situación, se presentaba a por los niños cuando quería y como quería. También los devolvía de la forma que quería: sin abrigos ni bufanda en pleno invierno, sin ducharse en varios días, con el pelo sin secar en enero o con la piel de sus culitos llena de erupciones por la falta de cuidado y de aseo. Era terrible ver en qué condiciones llegaban.

—Rebeca, en mi vida he visto esto. —Julita, la mejor amiga de mi madre, se sinceró conmigo una noche que tuvimos que bañar a los tres porque de lo sucios que los trajo hasta olían mal.

—¿Y qué puedo hacer? Intento evitar al máximo los conflictos, pero todo es imposible —sollocé.

A mí se me saltaban las lágrimas de la impotencia y por el dolor que le estaba provocando aquella situación a mi madre. Porque, por mucho que yo intentase ocultar muchas cosas, otras las sufrió en soledad en su propia casa.

Nunca olvidaré el día en que se presentó a por los niños sin avisar. Era un domingo después de comer. Habíamos salido a pasar la tarde fuera, y mi madre, cuya movilidad era cada vez más complicada por el párkinson, se había quedado sola en casa, en la cama, dolorida, casi sin poder moverse. El portero no trabajaba los domingos. Y él lo sabía.

Llamó al telefonillo como un loco. Una, dos, tres, cuatro, cinco, seis veces. Lo pulsó con insistencia obsesiva, manteniendo apretado el botón durante largo rato.

Ring, ring, ring, ring, ring, ring, riiiiiiiiiiiiiiiiiiiiiiiiiiiiiiing.

El rugido atronó en la casa durante más de diez largos minutos. Mi madre no podía levantarse de la cama. Apenas le alcanzaban las fuerzas para coger el móvil. Yo se lo había dejado encima de la cama, muy cerca de ella, por si necesitaba cualquier cosa. Su cuerpo se había convertido en una prisión. Como pudo me llamó con un hilo de voz para pedirme ayuda. Llamé inmediatamente a la policía. Cuando llegaron, él ya se había ido.

—Bailarina, cuando tú vas yo ya he vuelto mil veces. No eres más que una novata y yo me las sé todas —me había dicho una vez.

Me prometí que no volvería a dejar a mi madre sola. Si quería que los niños saliesen a pasear, llamaría a mi hermano o se lo pediría a alguna amiga, pero mi madre no volvería a quedarse sin compañía bajo ningún concepto.

Poco después comenzaron a llegar también los mensajes humillantes. De él, de sus amantes o examantes despechadas. Aquellos meses fueron un infierno para toda la familia. Los niños regresaban enfermos cada vez que estaban con él.

—Estoy sola en urgencias con los niños —le escribí una noche.

—Muy bien, ya me cuentas.

—¿No te interesa saber qué ha pasado?

—Imagino que estarán con mocos. —Y volvió a apagar el móvil hasta la mañana siguiente.

Mi abogado trasladó todo al juzgado civil. Él contrató a una abogada cara y destructiva. Pero la verdad no sabe de dineros. La verdad cae por su propio peso. Antes de entrar en la sala intentaron llegar a un acuerdo *in extremis* dándome la custodia. No quise. Yo necesitaba hablar y contar el infierno en el que el quídam había convertido nuestras vidas.

La jueza nos dio la custodia y la razón en todo. Cuando terminó el juicio la propia fiscala se nos acercó.

—Señora, no se calle. Denuncie, denuncie todo. Ha sido tremendo lo que hoy hemos escuchado.

A la salida, en la puerta de los juzgados, volvimos a encontrárnosla. Ya sin la liturgia de la toga y la sobriedad de la sala, insistió de nuevo en que denunciase. Se refería claramente a ir por la vía de la violencia de género, aunque yo por aquel entonces ni siquiera tenía claro si lo que había sufrido era maltrato psicológico. Antes de despedirse, me pasó suavemente la mano por el hombro y me sonrió compasiva.

—Nunca había visto a una fiscala acercarse para esto. —Mi abogado estaba perplejo.

Hubo quien, como la fiscala, me recomendó abrir la vía penal, pero entonces yo no tenía fuerzas para más.

Así pasó aquel primer año. El último de vida de mi madre. Murió en septiembre. El médico nos había advertido de que necesitaba una vida tranquila y yo no se la pude dar.

La culpa, rabia e indignación no me han abandonado en todos estos años. La mejor madre del mundo no se merecía aquel final.

En aquel tiempo

QUÍDAM. Jueves, 2 de noviembre. 21.33.

¿Tú quieres seguir así? ¿Escondida tras una puerta? ¿Así queréis vivir tu madre y tú? ¿Creéis que no sé que os reís de mí? ¿Creéis que no sé lo que os decís, lo que pensáis? ¿Creéis que no sé que os burláis de mí? Que se joda, que llame y se joda. Sois dos locas enfermas. Tal para cual. Pero yo me voy a encargar de que se haga justicia porque soy más listo que vosotras dos, soy más listo que cualquiera de tu familia de titiriteros, bailarines y danzantes. Soy genéticamente superior. Os esperan tiempos muy oscuros. Esto no ha hecho más que empezar.

18

CIEN AÑOS QUE YO VIVIERA SIEMPRE LA RECORDARÉ

La muerte no es nada, solo he pasado a la habitación de al lado. Que mi nombre sea pronunciado como siempre lo ha sido, sin énfasis de ninguna clase, sin señal de sombra. La vida es lo que siempre ha sido. El hilo no se ha cortado. ¿Por qué estaría yo fuera de vuestra mente? ¿Simplemente porque estoy fuera de vuestra vista? Os espero. No estoy lejos, solo al otro lado del camino.

SAN AGUSTÍN

Le pedimos al párroco de la iglesia que en el funeral de mi madre una amiga de la familia cantase «Lucía», de Serrat. Olga tenía una maravillosa voz rota de pájaro herido y la entonó con un sentimiento y una intensidad tales que aún nos rompieron a todos un poco más.

Mi hermano y yo estábamos sentados en el primer banco de la iglesia. Cuando empezó a sonar «Lucía», me apretó fuerte la mano. Nos habíamos quedado huérfanos, y él sabía lo que significaba esa canción para mi madre y para mí. La habíamos cantado juntas en la cocina de casa tantas veces y siempre terminábamos llorando de emoción.

En la iglesia sonreí al recordar que, para compensar el dramón de Serrat, nos poníamos después unas alegrías de Cádiz, y se nos pasaba el disgusto. Mi madre siempre contaba que su abuela de San Fernando, Teresa Serrano, le decía que un gaditano siempre trata de echarle a la pena una alegría. Así que, siguiendo su sabio consejo, nos entregábamos felices a los brazos de Camarón o de Poveda.

Que a mí me vio de nacer,
bendita sea la tierra
que a mí me vio de nacer.
Ay, cien años que yo viviera
siempre la recordaré.

Varios meses después, la lápida de mi madre seguía sin nombre, fecha y frase de despedida. Allí quedaron sus cenizas de forma completamente anónima. Mi tío Enrique me llamó un día preocupado.

—Rebeca, no podéis dejar así la lápida.

—No sé qué frase poner y dice Tono que debo ser yo quien la elija. Por favor, dame algo más de tiempo y la frase llegará. Estoy segura.

Tal vez mi inconsciente se negaba a encontrar la frase porque se negaba a asumir su muerte. Si gravaba el nombre de mi madre en la lápida sería como aceptar de una vez que nunca volvería a verla. «Ocurrirá como en cada momento importante de mi vida —pensé—. No será necesario buscar denodadamente nada, la frase llegará sola».

Durante aquel tiempo, los fines de semana en que los niños estaban con el quídam, me encerraba sola en casa porque me resultaba muy difícil mantener lo que yo consideraba conversaciones normales. Me sentía alejada de lo cotidiano y cuando alguna amiga compartía conmigo cualquier problema menor me costaba mucho comprenderla. Perder o ganar una o dos tallas, rifirrafes en el trabajo o con la familia, casi siempre intrascendentales y que se solucionaban sin esfuerzo, quejas vagas por cualquier cosa, comentarios sobre mí, sobre mi suerte, sobre mi vida, sobre mis privilegios…

—Sufro una tortura silenciosa de la que me cuesta hablar, y escuchar a otros contándome menudeces me irrita —le confié a Carla.

—Es lógico, Rebeca, estás pasando por un proceso muy duro, necesitas tiempo y poco a poco la vida irá asentando todo. Ahora intenta hacer cosas que te gusten, recupera aficiones, canta, baila, pinta, escribe… Átate a la vida atándote, de nuevo, a tus pasiones.

—Tienes razón —dije con una sonrisa—. Esta noche me pondré las alegrías de Cádiz que tanto bailaba con mi madre.

Y así lo hice. Y en la soledad de aquel viernes, mientras bailaba frente al espejo, me llegó.

Bendita sea la tierra
que a mí me vio nacer,
cien años que yo viviera
siempre la recordaré.

De inmediato informé en el grupo de WhatsApp de la familia de que, ¡eureka!, ya teníamos frase: «"Cien años que yo viviera siempre la recordaré". Es parte de la letra de unas alegrías de Cádiz que siempre bailaba con mamá». Y les planté tres emoticonos de flamencas para sacarles una sonrisa.

Todos estuvieron de acuerdo, y mi hermano y yo encargamos al marmolista que esculpiera el nombre, las fechas y la frase. El día que los trabajadores colocaron la lápida, Tono no pudo ir. Yo decidí ir sola. No podía faltar.

Habíamos elegido el cementerio más bonito de Madrid, rodeado de un monte protegido lleno de encinas por el que corrían libres gamos y zorros. Las vistas eran magníficas e invitaban a la paz y al recogimiento. Era una preciosa mañana de primavera, cuya intensa luz contrastaba con mi dolor voraz. Un pajarillo blanco se posó sobre la lápida, que se apoyaba en una de las paredes de los nichos, aún a la espera de que la clavaran en la tierra. Se me quedó mirando. Yo también lo miré. Estuvimos así unos segundos. Fue una sensación extraña. Pensé que tal vez viniera a traerme algún mensaje. Imaginé que lo había enviado mi madre para comunicarse conmigo y trasmitirme que estaba bien. Le sonreí. Y no sé si entendió mi respuesta, pero, cuando le dediqué aquella sonrisa, echó a volar. Dejé que mi mirada lo siguiera hasta que se perdió entre las encinas.

Volví a centrar la atención en las maniobras de los operarios en el cementerio. Mientras los observaba recordé la última noche en el hospital. Creo que ha sido una de las madrugadas más estremecedoras, perturbadoras y mágicas de mi vida.

Mi madre llevaba más de una semana ingresada, intubada y controlada con antibióticos, pero nada hacía presagiar su muerte inminente, y los doctores confiaban, incluso, en poder darle un alta anticipada.

—Rebeca, ¿por qué no le encargas a tu madre una reconexión del alma? —me propuso Carla—. La consteladora familiar que ya conoces la hace y siempre me han hablado muy bien de esta práctica.

—No lo he escuchado jamás, pero si la ayuda, por supuesto.

Llamé a la consteladora y me aclaró con precisión en qué consistía. Parecía sencillo. Ella se conectaría al alma de mi madre, sanaría heridas en remoto y luego me explicaría. Nunca he puesto en duda los diferentes ámbitos y prácticas de la espiritualidad. Siempre he pensado que cada persona tiene sus propias creencias y todas son legítimas. Esta, sin embargo, me resultaba, de primeras, un tanto extraña. Aun así, acepté.

Cuando la práctica terminó, la consteladora me llamó.

—Tu madre es un alma blanca, no he encontrado apenas nudos. —Fueron sus palabras textuales—. Se le ha quedado una conversación pendiente con un familiar, pero se va en paz. Este viernes podría ser el día del tránsito —me anunció con serenidad.

—¿Qué quieres decir? ¿Mi madre va a morir este viernes, dentro de tres días? —acerté a decir, casi sin voz.

—Así es. Eso es lo que he visto.

—Me dejas perpleja, Ana. No sé qué decirte. Los médicos nos han hablado, incluso, de darle el alta.

—Se va en paz y con el trabajo hecho. Estate tranquila, Rebeca, todo va a ir bien. Trata de fluir.

Aquella semana apenas había podido ir a verla al hospital. Entre los niños y el trabajo apenas había tenido tiempo. Mi hermano fue el que la acompañó en todas las pruebas y el que se reunió con los médicos. No me atreví a contarle nada de lo de la reconexión del alma porque a mí misma me resultaba extraño.

La primera noche que pude quedarme a dormir fue la del viernes. Los niños estaban con su padre ese fin de semana.

—Vamos a cambiarle la medicación porque está empeorando —nos había dicho el médico a mi hermano y a mí.

—Pero ¿es grave? —preguntó Tono.

—Se ha complicado, pero con el cambio de medicación mejorará. No se preocupe.

Mi hermano estaba agotado de toda la semana en el hospital y le insté a que se fuese a casa.

—¿Estás segura, Rebeca?

—Por supuesto. Tú descansa, que también ha sido una semana dura para ti. Si hay alguna novedad, te llamaré. No te preocupes.

—Dejaré el teléfono encendido en la mesilla, llámame con lo que sea, por favor.

—Vete tranquilo.

Era ya de madrugada y le acompañé al ascensor, que estaba al final de un largo pasillo. Olvidé el móvil en la habitación. Nos despedimos con un fuerte abrazo y se fue. Cuando intenté regresar por el pasillo, ya no pude. Era un hospital público y, al ser de madrugada, las puertas de acceso estaban blindadas en cada planta.

«¿Qué hago ahora? —pensé—. Aquí no hay nadie y tampoco hay forma de volver».

Incomunicada, sin teléfono y con las puertas blindadas, no me quedaba otra que esperar en aquel rellano a que alguien apareciese. Era un espacio pequeño, con cámara de seguridad y, en la esquina, un pequeño sofá negro.

«No puedo dormir ahora, estoy demasiado agitada».

Empecé, de forma mecánica, a dar vueltas en círculo en aquella pequeña estancia. Necesitaba andar, oxigenarme, pensar y asumir lo que pudiese pasar. No sé cuántas vueltas fueron ni cuánto tiempo estuve así. Sé que, de repente, noté las presencias de mi padre, de mi madre y de mi abuela Concha Agustí. Y fue como si estuviésemos caminando en círculo cuatro personas a la vez. Me invadió una sensación extrañísima y se me erizó la piel.

Si tú no le das permiso, no podrá irse. Vuestra relación es demasiado umbilical y demasiado fuerte. Pero debes saber también que si se queda puede tener que pagar un peaje físico porque podría quedarse impedida para siempre en una silla de ruedas.

¿Quién me decía todas esas cosas? ¿Era mi voz interior? ¿Era mi padre? ¿Mi abuela? ¿Mi madre desde la habitación? No eran voces físicamente audibles. Venían de mi interior.

Si tú no le das permiso, no podrá irse. Tienes que decidir, Rebeca.

Caminaba en círculo y sentía que no lo hacía sola. Ellos seguían allí, acompañándome a cada paso. Éramos cuatro personas caminando en círculo en una habitación pequeña. Visto desde fuera debía resultar delirante. Pensé en la cámara de seguridad.

¿La liberas o no? Solo puedes decidirlo tú.

Las voces insistían. La relación con mi madre siempre

había sido umbilical. En eso, las voces tenían razón. Yo nunca he sentido un amor más incondicional.

«En alguno de los libros de Brian Weiss he leído que elegimos cómo y con quién irnos», recordé de pronto. Mi madre ha esperado a este viernes, la única noche que yo me podía quedar, para despedirse de mí. Y me han sacado a esta especie de limbo para que entienda y decida, y para que el duelo sea menos trágico.

No sé cuántas vueltas había dado ya. O habíamos dado. Debían ser las tres de la madrugada.

Decide. Debes elegir.

Las voces me urgían.

Si su cuerpo se va a convertir en su cárcel, doy mi permiso y que haga el tránsito habiendo yo aceptado su marcha.

Caí rendida en el pequeño sofá negro. Unas horas después, a las seis y diez de la mañana, un celador abrió la puerta blindada. Ni siquiera recuerdo si nos saludamos. Me levanté como una autómata y le seguí en la penumbra del largo pasillo hasta la habitación de mi madre.

Era una planta alta y, a través del amplio ventanal, empezaban a clarear las primeras luces del amanecer. Al entrar, solo pude ver la sombra de mi madre, tumbada y girada hacia la puerta. Mis ojos tardaron unos minutos en adaptarse.

Me acerqué despacio al sillón junto a su cama. No quería despertarla si dormía. Cuando me fui a sentar, noté cómo su respirador se desinflaba despacio. Me quedé paralizada.

—¿Ha dejado de respirar? —le pregunté a la chica que la cuidaba.

Ella se acercó y la tocó.

—No respira. Pero es extraño porque ahora mismo tenía los ojos abiertos y te estaba mirando cuando has entrado.

«He sido lo último que ha visto —pensé—. Me estaba esperando».

Avisé inmediatamente a los médicos. Entró un equipo con aparatos de reanimación, y a la chica y a mí nos sacaron de la habitación. Me arrodillé delante de la puerta y junté mis manos en posición de rezo.

—No te preocupes, Rebeca. Seguro que la van a salvar.

—No —le respondí con la certeza que solo tienen los que han caminado en círculo durante horas escuchando voces—. Se está yendo.

Al poco, salió la doctora.

—No hemos podido hacer nada. Lo siento muchísimo.

Mi madre había esperado a aquel viernes para despedirse de mí y las voces me habían dejado en aquella estancia, como en una especie de lugar sin tiempo ni espacio, e incomunicada, para que ella pudiese irse con la paz de que yo aceptaba su tránsito.

Llamé a mi hermano y le dije que se duchase tranquilo y viniese cuando pudiese al hospital. No hizo falta explicarle más.

—No son posibles tantas casualidades. Ya me creo lo que quieras —dijo mi hermano, resignado.

Yo llevaba toda la vida diciéndole que dos más dos podían ser infinito. Nunca me había creído. Hasta esa madrugada.

Me quedó la pena de aquel último año de vida de mi madre. Un ser frágil que había sobrevivido a una posguerra y que merecía haberse ido de otra forma y no tras aquel año de dolor inmenso del que fue testigo y que ella misma sufrió. Eso no lo olvidaré nunca.

Sentí una tristeza infinita. Aquella noche, pese al halo mágico de su tránsito, una parte de mí murió con ella.

En aquel tiempo

REBECA. Martes, 4 de mayo. 08.25.

Estoy con Carmen en urgencias. Tiene una lesión en el tobillo (por eso cojeaba) y varios hematomas. La doctora le ha vendado la pierna, durante la próxima semana tendrá que ir en silla de ruedas (y con suerte, si mejora pronto, con muletas) y le ha prescrito analgésicos hasta que se le pase el dolor. La propia niña le ha explicado que se cayó hace dos días contigo y que te negaste a llevarla al médico. Todo esto es tan indecente y te retrata de una forma tan cruel.

19

EL SUICIDIO Y LA FARRUCA

Llegado el momento somos más nuestros muertos que nuestros vivos. Con cada ser amado que muere nosotros morimos un poco. Pero también es cierto que ellos comienzan a vivir en nosotros de un modo que jamás lo hicieron en vida.

EDUARDO COHEN

Llegué al teatro dos horas antes de lo que nos habían convocado. Necesitaba encerrarme con mis recuerdos en el camerino. Crucé como una exhalación la entrada de artistas y sin quitarme las gafas de sol saludé al guarda de seguridad.

—Buenas tardes, Rebeca —me saludó sorprendido.

—Buenas tardes —respondí tratando de forzar una voz de normalidad que no tenía y sin apenas mirarle para evitar que iniciase una conversación.

Mi madre había muerto unos meses atrás, pero el acoso no había cesado y mi vida era un infierno.

Ya en el ascensor, mientras bajaba a los camerinos, empecé a sentir la paz y el silencio que tanta falta me hacían. Apoyé la frente en el espejo, dejé caer el bolso y en los veinticinco segundos que duró el trayecto practiqué tres inhalaciones profundas. Pensaba que a esas horas sería la única en el teatro, pero cuando se abrieron las puertas comprobé que me equivocaba.

Del camerino situado al fondo del largo pasillo de la izquierda me llegaron los acordes cadenciosos de una guitarra.

«Qué extraño, esa zona nunca dejan utilizarla y justo ese camerino tiene siempre la llave echada».

El ascensor se cerró detrás de mí y una sensación extraña que me impedía moverme me invadió. Me recorrió un escalofrío de perplejidad cuando reconocí la farruca, aquel baile para hombres que desde niña yo siempre quise bailar. Era solo una guitarra sin cante, y allí, con las puertas cerradas del ascensor a mis espaldas, regresaron a mi memoria los tristes versos de Federico.

Empieza el llanto
de la guitarra.
Llora flecha sin blanco,
la tarde sin mañana,
y el primer pájaro muerto
sobre la rama.

Comencé a llorar. Despacio, de a poco, sin aspavientos. Tan solo lágrimas cayendo.

Y, mientras lloraba en silencio, recordé que había aprendido aquel poema con once años. Fue entonces cuando Federico llegó a mi vida con esa fuerza irreprimible de duende embrujado a la que es imposible resistirse. En él, en su vida, en su obra, en sus cartas, siempre hallé respuesta a mis emociones. Y aquel día volvió a darme otra (respuesta): yo era aquel pájaro muerto sobre la rama al que hacía alusión el poema. O, al menos, así me sentía.

El misterioso guitarrista seguía tocando la farruca desgarradamente en el camerino bajo llave. Mi recuerdo puso de memoria la letra. No sabía quién era ni por qué lo hacía, cuando ese baile no formaba parte del repertorio y el director tampoco lo había incorporado como coreografía en solitario. Pero mi ánimo desolado no estaba ni para preguntas ni para misterios, así que enfilé el pasillo de la derecha y me encerré en el camerino. Llevaba horas barruntando obsesivamente una idea que me había asaltado aquella mañana al despertar: abandonar la danza. Mi cuerpo y sobre todo mi alma estaban exhaustos. Y de la extrema flaqueza que lucía entonces ya no se podía sacar ni un compás.

Ahí me sobrevino por vez primera un pensamiento suicida. Fue terrible pero también liberador y reconfortante. Desde el camerino podía escuchar la farruca, algo incomprensible ya que nos separaban dos pasillos y varias puertas. A su compás, como de martillo sobre yunque, empecé a fantasear con la muerte, como esa mano amiga y salvadora que me liberaría de tanta devastación. «La guadaña no puede ser peor que este fango en el que me hundo desde hace años». Ni siquiera mi vibrante voz interior, que desde niña me rescataba de cualquier tristeza, tenía ya argumentos para acunarme. Ella, mi voz interior, también había sido vencida.

De pronto, la guitarra paró y, en ese preciso instante, me escuché a mí misma recitando un poema que compuse en la adolescencia y que nunca terminé de comprender. Siempre quise creer que fue un poema escrito al dictado desde esa mitad invisible en la que habitaba mi abuela Concha Agustí. Nunca me sentí la autora de aquellos versos que esa noche me resultaban premonitorios.

Que viene mi gitanilla
cantando por los olivos,
que viene mi buena amiga,
que quiere bailar conmigo,
que arranca por seguiriyas
y sigue por soleares
y lleva con su guadaña
el ritmo de los compases.
Mi amiga la muerte viene
navegando por el río
y yo en Sevilla la espero,
en mi tierra, en mi cobijo.
Y que viene lisonjera,
compañera de fatigas.
Y yo la espero sentada
a orillas del Guadalquivir
porque quiero que mis cenizas
las esparza por aquí.
Y quiero que juntas requiebren
a mi tierra, a mi Sevilla.
Así cuando vengas a buscarme
enjuta, vieja, sombría,
iré a recibirte con mil honores,
pero sabe, compañera, vieja amiga,
que solo quiero dormir el sueño de la otra vida
cuando vengas a buscarme a mi tierra,
a mi Sevilla.

Tenía diecinueve años. Me sorprendió una noche, al asalto y sin mediar aviso, mientras estudiaba para un examen —Tecnología de la Información— que tenía al día siguiente en la facultad. Me llegaban sin cesar versos que se repetían en bucle y repiqueteaban en mi cabeza con una fuerza inusitada, como de compás flamenco. Eran versos sobre la muerte y sobre Sevilla, y yo nunca había visitado Sevilla ni había escrito sobre la muerte.

Intenté dormir para olvidar aquel incomprensible y delirante bombardeo poético que estaba viviendo. Pero hasta la cama también me persiguieron, incansables y tenaces, aquellos versos. Opté por hacer lo que me indicó el sentido común: levantarme y escribir. El poema nació al dictado. Aquellos versos no eran míos, yo no busqué la rima ni las palabras, un susurro invisible me iba dictando. Fue una ejecución rápida, no medió pensamiento alguno, simplemente utilizaron mis manos y dejaron escrito aquel poema. Después, logré dormir.

Al día siguiente, al regresar del examen, me encontré a mi madre llorando en la cocina.

—Anoche murió en Sevilla el tío Salvador.

Abrí los ojos, estupefacta. El tío Salvador era el primo favorito de mi abuela. Fui a la habitación, cogí el poema y se lo leí a mi madre. Ella tampoco dio crédito. Desde que con nueve años empecé a escribir le leía a mi madre todas mis creaciones infantiles y adolescentes, tuviesen más o menos acierto literario. La perplejidad de ambas fue mayúscula porque las dos sabíamos que nunca había compuesto nada sobre la muerte ni sobre Sevilla.

La historia de aquel poema se cuenta siempre en las reuniones familiares nocturnas como uno de esos hechos increíbles, fascinantes y, de momento, incomprensibles.

Todos estos recuerdos me vinieron de golpe en el camerino cuando cesó el llanto afarrucado de la misteriosa guitarra. Ese día el impacto fue mayúsculo y el efecto se multiplicó cual fichas de dominó. «Estoy en uno de los camerinos del teatro San Fernando, uno de los más antiguos de Sevilla. Es decir, la que esta noche está en Sevilla soy yo», pensé.

No entendía bien qué estaba pasando, pero me sentía confusa. De pronto, otro recuerdo vino a espolear mi fragilidad. «El día que papá murió yo regresaba de Sevilla».

En ese momento oí de nuevo la cadencia de la guitarra y la farruca me sonó a paso fúnebre. Volvió a rondarme la idea de suicidio y volví a pensar en ella como una opción liberadora. «Ahora mismo le tengo más miedo a la vida que a la muerte».

Una bailarina sin piernas. Una locutora sin voz. Una madre incapacitada para el cuidado porque ni siquiera podía cuidar de sí misma. Una paloma muerta sobre una rama. Así me sentía yo. Era nada. Un saco de huesos quebrados incapaz de un simple plié.

Sabía que el director de la compañía no iba a empatizar con el drama de lo que estaba viviendo. Lo conocía desde hacía años, y su única preocupación eran los resultados de taquilla. En alguna ocasión, le había confiado algún incidente desgarrador, pero como nunca me vio llegar con una costilla rota o con un ojo morado debió restarle importancia. El maltrato psicológico no deja señales a la vista, pero devasta el alma. El director ni entendió ni quiso entender jamás.

Recordé que llevaba en el bolso los dos botes de pastillas del quídam que yo misma había ido a recoger a la farmacia de una de sus amantes. Los había guardado mi abogado por si en algún momento queríamos sumar las adicciones a la denuncia, pero nunca llegamos a hacerlo.

—Rebeca, no hace falta que guardemos esto más. No lo vamos a utilizar contra él. Cuando vengas al despacho a por la sentencia, te los doy y los tiras —dijo mi abogado.

Así que, antes de coger el tren a Sevilla, pasé por su despacho en Gran Vía para deshacerme de los botes definitivamente.

Recordé que hasta hacía no demasiado, en un ejercicio de autohumillación máxima, era yo misma la que los recogía en la farmacia. Me había callado lo de su adicción a las benzodiacepinas. Sabía, además, que había seducido y se había estado acostando con la farmacéutica para que, de paso, se las vendiese sin receta. Lo más humillante era que yo era quien las pagaba. Cada vez que sacaba la tarjeta de crédito ante aquella morena de ojos intensos y labios artificialmente carnosos pensaba por qué tipo de servicios estaría cobrando exactamente.

Contra él sentí una rabia inmensa. Ella me generó una pena infinita. Si yo me suicidaba aquella noche, ella podría ser su próxima víctima algún día. Los depredadores siempre se guardan una bala en la recámara. Nunca dejan de serlo. Es su ADN.

Mi pensamiento volvió a los botes de pastillas. Mezclando la cantidad suficiente de ambos no haría falta mucho más. La farruca seguía sonando a paso fúnebre, y yo tenía un bote en cada mano. Comencé a sacar pastillas con más tristeza que convicción. Las coloqué alineadas en fila y por colores sobre la mesa del camerino. Mi TOC para el orden se convirtió en una excusa para ganar tiempo.

«Si lo hago rápido, la ejecución será indolora, perfecta y eficaz. Es cuestión de no pensarlo demasiado. Seré también una carga menos para mis hijos. Una inútil que no supo protegerles. Una madre que no cuida, una bailarina sin piernas, una locutora sin voz, la paloma muerta de la rama». La cotorra interna, vital y optimista, que llevaba acompañándome toda la vida había entrado en barrena atravesada también por el dolor.

Me miré en el espejo y observé cómo mis labios pronunciaban con lentitud «mis hijos, mis hijas». Seguía jugando con las pastillas. Junto a las flores de la mesa había siempre una botella de agua y un vaso de cristal como los que tenía mi abuela Pilar en su casa de Navas del Rey. El vaso hizo que evocara mi infancia y esbocé una triste sonrisa.

«Sería rápido e indoloro». De nuevo la cotorra.

No sé cuánto tiempo estuve así, ida, en la ausencia mental y emocional más larga de mi vida.

De pronto me volví a observar en el espejo pronunciando como hipnotizada las palabras «hijos, hijas». Tal vez fue el recuerdo de mi abuela y su forma de pronunciar «mis hijos, mis hijas, mis niños» cuando se refería a nosotros, sus nietos.

Regresé de golpe a mi infancia. Y con el recuerdo llegó también él: Federico. El poeta de la tragedia que siempre acudía a mi rescate. Volví a él, a mi infancia, a mi habitación donde leí por primera vez *Mariana Pineda*. Recordé hasta el olor de aquella vieja recopilación de obras completas, de hojas ya amarillentas y lomo desgajado, que editó Losada en 1964. La guardaba, como el disco de música francesa, en la vieja maleta de la buhardilla.

Fue un recuerdo vívido, intenso, que me trasladó, además, directa al cadalso de Granada donde Mariana fue ejecutada.

«Ella murió para proteger a los liberales y para no delatar al hombre al que amaba», recordé en un impacto fulgurante de memoria.

Pero el hombre al que yo había amado era ahora un monstruo de tentáculos infinitos. Irme sería su victoria y supondría una derrota absoluta para el futuro de mis hijos. No podía dejarlos solos e indefensos en manos de aquel depredador. No podía hacerles eso. Suicidarme sería proclamarle a él vencedor y darle un argumento para ratificar que era una desquiciada y una inestable. No podía hacerlo porque destrozaría el futuro de mis tres hijos, porque no respetaría la memoria y el amor incondicional de mis padres, que con su ejemplo nos habían demostrado que habíamos sido lo más importante de sus vidas.

«Rebeca, lucha por tus hijos. Debes hacerlo. Date tiempo, sálvate, encuéntrate con la Rebeca niña y cuando hayas conectado con ella empezarás a recuperarte y podrás protegerlos a ellos. Mariana con su silencio salvó vidas porque no delató, pero a ti tu silencio no te protege. No condenes a tus hijos. Voy a estar aquí, como he estado siempre. Recupérate, date tiempo y haz justicia. Yo no escribiré tu historia. Serás tú misma. Para salvarte tú, salvar a los tuyos y ayudar a las demás».

Esto ya no sé si me lo susurró la cotorra de mi voz interior o Federico o aquella Rebeca niña que realmente no quería morir.

Entonces la farruca de banda fúnebre cesó. Lo hizo de golpe. Tal vez sus acordes solo habían resonado en la confusión de mi tristeza.

Me miré en el espejo y volví a pronunciar despacio «Mis hijos, mis hijas. Mi silencio no les va a proteger».

Me levanté y tiré las pastillas por el váter.

En aquel tiempo

UNA MADRE DEL COLEGIO. Sábado, 7 de junio. 18.37.

Rebeca, tus hijos han llegado ya al cumple. Te voy informando de cómo vayan yendo las cosas esta tarde. El padre ni se ha acercado a saludarnos ni a felicitar a la niña del cumple. Ha hecho bajar a tus hijos del coche y, tal cual ha llegado, así se ha ido. Nos hemos vuelto a quedar perplejos todos. No se relaciona con nadie, no está en el grupo de WhatsApp de la clase, es un completo desconocido en el entorno escolar. El otro día mi hijo pequeño, al verlo llegar al cole, le preguntó a tu hija Carmen si era su tío. Mi hijo piensa que el padre es tu hermano Tono. Qué triste, de verdad. Cariño, aquí estoy para lo que necesites. Sé que estás en buenas manos y que tu hermano es un apoyo incondicional, pero a mí también me tienes para cualquier cosa. Te quiero y te admiro. Eres la mejor, Rebeca.

20

EL ENVERO

Como las plantas, así también crecen los hombres. Algunos en la luz, otros en la sombra.

CARL GUSTAV JUNG

Después del desgarro y los pensamientos suicidas que me provocó la farruca en el teatro de Sevilla, estuve meses sin poder bailar y sin querer hablar apenas. Los otros bailarines y miembros de la compañía me llamaban y me escribían, preocupados. Me animaban para que regresase pronto. Cuando recibí la visita de Óscar, mi compañero más leal en aquel grupo de egos desbordados y donde las traiciones campaban sin control, y los antidepresivos de la doctora comenzaron a surtir efecto, las cosas empezaron a ir a mejor.

—Te vendrá bien, Rebeca. Regresar a la rutina, volver a bailar, a tu madre le entristecería verte así. Debes hacerlo también por tus hijos porque es bueno que te vean volver al trabajo y sientan que la vida sigue pese a las vicisitudes. Esta tarde voy a buscarte, damos un paseo por el campo, les llevo unos regalitos a los niños y unas sorpresitas para ti.

Sonreí. Óscar siempre me hacía reír. Me trajo una elíptica a casa con el compromiso de que mantendría una rutina de treinta minutos cada mañana hasta que mi cuerpo recuperase el tono y la energía necesarios. También me regaló un tocadiscos y un vinilo de Springsteen, una joya que anhelaba desde hacía tiempo, su tercer disco de estudio, *Born to Run*, que compuso en 1974 y que se convirtió en uno de los mayores éxitos en la historia de la música.

—Óscar, llevo años detrás de este disco —le dije aún incrédula.

—Lo sé —respondió divertido—. Y, como te conozco tan bien, sé que es la música la que va a hacer que te agarres con fuerza a los brazos de la elíptica y pedalees tu rabia para recuperarte rápido.

—Gracias, cariño. Tú siempre has estado ahí.

No me atreví a contarle nada sobre mis pensamientos suicidas porque supuse que, acaso, hasta podría sospecharlo. Nos conocíamos desde hacía tantos años y tan bien. Era una de esas almas gemelas que la vida te regala. Hay veces que los silencios dicen más que todas las palabras del mundo. Lo supe por cómo Óscar me miró, compasivo y preocupado, pero esperanzado en que yo le hiciera caso y volviera a ser, algún día, al menos la sombra de la mujer pasional, alegre y viva que había sido. Me apretó las manos con las suyas y asintió. No había nada que agradecer. No había más que hablar. «¿Para qué hacerle daño contándole lo de los botes de pastillas?».

Escribí a Carla por la noche para volver a pedir cita. El divorcio había puesto distancia, pero no solucionaba las grietas, las heridas inmensas, que me había dejado la relación con el quídam en todas partes. En mi cuerpo, en mi vida, en mis emociones, las secuelas en mi familia. Había mucho sobre lo que hablar. Curiosamente el silencio cómplice con Óscar me lo había revelado con claridad. Y al mismo tiempo el mero hecho de coquetear con la idea del suicidio me asustaba, evidenciaba la gravedad de la situación. No podía permitirme que volviera a repetirse. Quizá no estaba lo bastante fuerte como para volver a bailar de un día para otro, pero, al igual que pretendía fortalecer la musculatura con el deporte, debía hacer otro tanto con mi mente, con mis menguadas energías y con mi espíritu. Tenía que recomponerme por dentro. Necesitaba ayuda y la necesitaba con urgencia. Esa misma noche escribí a Carla para pedir cita.

—Rebeca, qué alegría y qué casualidad que me escribas precisamente ahora. Acaban de anunciar que la terapeuta de la que te hablé regresa al teatro para dar una conferencia sobre personalidades tóxicas, sádicas y narcisistas. Estaba a punto de comprar las entradas. Vente.

Y no lo dudé.

Un mes más tarde estábamos en el teatro Nuevo Apolo, en la plaza de Tirso de Molina. Yo llevaba libreta y lápiz para tomar buena nota de todo. Estaba nerviosa y expectante, pues no tenía muy claro si allí podría encontrar las respuestas que necesitaba. Carla llegó puntual y sonriente, elegantemente vestida con un traje de chaqueta de color rosa palo. Yo me había puesto el mono negro ceñido con cinturón dorado que solo usaba para las ocasiones especiales. Y aquella lo era. En un bolsillo pequeño de la mochila blanca guardé la diminuta virgencita que me regalaron en el colegio cuando tenía siete años y que siempre nos contaron que había bendecido el Papa de entonces. Fuese verdad o no, aquella imagen nos había acompañado durante toda la vida a mi madre y a mí, y a ella nos encomendábamos cuando estábamos preocupadas o necesitábamos algo importante. Ese era un día especialmente importante. Esencial. Era el día que descubriría si había estado casada con el sádico narcisista que sospechaba mi psicóloga.

—El teatro está lleno —dije con expectación.

—Esta mujer tiene miles y miles de seguidores en redes sociales. Es una de las grandes referencias en este asunto.

El público comenzó a aplaudir en cuanto salió al escenario una mujer rubia, con una preciosa melena rizada, ojos claros y un traje de chaqueta azul marino que ensalzaba su figura atlética y delgada.

—Si estáis aquí es porque os habéis topado con alguno o alguna y lo habéis sufrido —comenzó.

La respuesta fue un atronador silencio afirmativo.

Pensé en lo difícil que es conseguir llenar sola, solo con tu presencia, un escenario tan grande y constaté con admiración cómo aquella mujer lo había conseguido.

—Estamos ante lo que se conoce como la triada oscura de la personalidad. Es decir, cada uno de estos hombres o mujeres encaja en un perfil que no es exactamente igual al otro, aunque hay patrones comunes que permiten identificarlos —explicó.

Carla y yo escuchábamos con atención. Yo apunté lo de triada oscura de la personalidad para buscar más información en casa.

—Hay que dejar también muy claro que no solo estamos hablando de hombres, sino también de mujeres. Se trata de personalidades aparentemente carismáticas, magnéticas y seductoras, pero que carecen de empatía y jamás sienten culpabilidad. En el proceso de enamoramiento pueden, incluso, resultar adictivos. Te convencen de que para ellos no ha habido nadie como tú, se muestran deslumbrados por ti y promueven amores muy rápidos en los que hacen que su víctima se sienta única. Son amores muy intensos y apasionados en los que proponen, enseguida, iniciar una convivencia casi inmediata. ¿Os suena todo esto? —preguntó.

Segundo asentimiento generalizado y silencioso en el patio de butacas con un mayoritario y afirmativo movimiento de cabeza.

Me acordé de París y de las cartas de amor que cada día encontraba bajo la puerta del hotel.

—Son amores muy rápidos con caídas también muy rápidas. Por cualquier mínima desavenencia la víctima empieza a perder equilibrio en la hornacina y ese es el principio del fin. Realmente aquello nunca fue una historia de amor porque a estas personalidades solo les mueve el deseo de dominio.

Carla se acercó a mí y me susurró:

—¿Recuerdas cuando me contaste lo de la boda y que a mí me parecía demasiado precipitada?

Asentí, pero a estas alturas ya no hacía falta que ella me lo recordase. Empezaba a ver por primera vez todo con una nitidez prístina.

—Es muy importante tener las herramientas para ser capaces de identificarles porque no es una tarea fácil. Estas personas se caracterizan, entre otras cosas, por eludir la comunicación directa —continuó.

Me vino a la cabeza el incidente reiterado de la ropa interior y su actitud taciturna. También su negativa a darme una explicación el día que me impidió subir al escenario para participar en el truco de magia.

—Son personalidades que tratan de imponer y trasladar una imagen de sabiduría y grandeza. Sufren de una desproporcionada avidez por el reconocimiento. Y no tienen amigos, solo súbditos que los adulan o personas importantes a las que se pegan para alimentar esa imagen de grandiosidad que intentan mantener a toda costa.

Recordé sus grandilocuentes conversaciones de negocios en inglés con sus socios australianos y lo encantado que estaba de que yo las escuchase. También con qué ínfulas me miraba cuando yo leía su currículum plagado de titulaciones pomposas y acreditaciones en impronunciables universidades extranjeras.

—Es importante, para identificarlos, escucharlos hablar. Detenernos en su comunicación no verbal. Su tono es monocorde y frío, jamás alzan la voz. Su discurso desprende burla y desprecio. Así, dejan que el otro u otra se irrite y terminan tachándolo de histérica o histérico.

En este punto, Carla se giró y me miró. Yo seguía triste y atónita con cuanto contaba la terapeuta.

—Es lo que yo llamo, Rebeca, un psicópata integrado. Y todo me lleva a tu exmarido.

Las piezas del rompecabezas iban encajando.

—Todo está plagado de mentiras. Y en el caso de los hombres suele, además, haber mucho machismo.

Recordé perpleja sus mensajes de «yo te mantengo» o «sin mí no eres nada». El público escuchaba en absoluto silencio.

—Necesitan rebajar la autoestima del otro y van trastocando a sus víctimas de forma sutil y malintencionada con palabras o miradas que las desestabilizan. —La terapeuta hizo una pausa para beber agua mientras miraba a los espectadores, que la seguían con atención—. Una vez que el narcisista entiende que ya estás bajo su paraguas, comienza a desarrollar una estrategia de dominio para colocar a su pareja en una situación de vulnerabilidad, incertidumbre e indecisión.

Uno de los asistentes levantó la mano. La psicóloga le cedió la palabra antes incluso de que comenzase el turno de preguntas.

—¿De qué forma consiguen eso?

—Creando un ambiente de violencia fría y verbal. Jamás es violencia física. Generan en la pareja angustia y miedo al abandono. Después te dicen que te has inventado todo. Con lo cual la víctima va acumulando rencor y ellos se burlan de esa ira. Se establece un círculo vicioso y perverso muy tóxico porque machacan a su pareja, pero después tampoco quieren perderla ni dejarla ir. El efecto es devastador.

«Como una lluvia fina de ácido letal», pensé, sentada en mi butaca. Todo lo que estaba contando aquella especialista concordaba perfectamente con lo que yo estaba viviendo.

—Llevan a la pareja al límite máximo e intentan que su víctima llegue, incluso, a actuar contra ellos para presentarla públicamente como una persona malvada. Así consiguen ellos convertirse en la víctima dándole por completo la vuelta a la historia. Es muy frecuente que la gente no se dé cuenta de absolutamente nada.

Me acordé de las vecinas de la urbanización halagando sus cualidades como padre.

—Son incapaces de experimentar sentimientos o de sentirse tristes. Solo les mueve el deseo de dominar al otro y vengarse en caso de que les hayan abandonado.

—¿Podríamos decir que minan nuestra moral de forma sofisticada, como con guante blanco? —preguntó una mujer de mediana edad.

—Exacto. Hasta que ya no queda nada de nosotros. Y pueden llegar a conducir a su víctima al suicidio —repuso la especialista.

Pronunció la palabra que desarmaba toda mi línea defensiva y dinamitaba mi coraza. Había acudido al teatro con la intención de escuchar la charla desdoblada para intentar no sufrir. «Acudiré a escuchar a la terapeuta como si le hubiese ocurrido a mi otro yo, a la otra Rebeca». Pero todo estaba aún demasiado reciente. Empecé a llorar. Tampoco fue malo. Hacía tanto que no lograba hacerlo.

—No me salen las lágrimas, Carla —le había dicho meses antes a mi psicóloga—. Intento llorar, pero no lo consigo.

—Estás tan bloqueada, Rebeca, con todo lo que ha pasado que tu emoción se ha puesto un muro delante para no sufrir. No te agobies. Todo llegará. Date tiempo.

Y ese día en el teatro llegaron las lágrimas.

Turno para una nueva pregunta.

—¿Hay un perfil de víctima?

—La víctima suele ser una persona llena de energía y vitalidad, lo que yo definiría como un disfrutón o disfrutona de la vida. Los narcisistas sienten envidia por esa forma de gozar y tratan de apropiarse de ella. Además de la vitalidad, a la víctima le caracteriza una cierta ingenuidad, cree que hablando podrán solucionarse estas situaciones dramáticas. Son personas a las que les gusta el orden, las cosas bien hechas y que tienen tendencia a culpabilizarse.

Mientras lloraba me acordé de mi TOC por el orden.

Un hombre que seguía la charla desde la última fila pidió el micrófono para intervenir. Todos nos giramos. «Le envuelve un halo de tristeza —pensé—. ¿Le habrá tocado a él una narcisista como el mío? Ya podían haberse juntado los dos. Una bomba de relojería. Dos narcisistas juntos. Así nos dejaban a los ingenuos, disfrutones y ordenados vivir en paz». Y me imaginé una vida con aquel chaval de mirada melancólica. Aunque yo, entonces, ni quería ni podía mirar a ningún hombre. Les había cogido miedo. El chico del halo triste preguntó.

—¿Qué pasa cuando el o la narcisista tienen una nueva pareja? —Devolvió el micrófono y regresó al anonimato de su butaca.

—La nueva relación se construye sobre el odio a la anterior. La expareja se convierte en el chivo expiatorio. El narcisista la culpa de todo y se presenta como una pobre víctima. Cuando conozcáis a alguien que habla mal de sus anteriores parejas definiéndolas como personas trastornadas o locas, sospechad siempre. Realmente colocan un espejo delante de su trastorno.

»Me gustaría terminar insistiendo en que, en el caso de las mujeres, es importante la unión y hacer frente conjuntamente a un perfil de este tipo, donde el machismo es uno de los factores más comunes y más hirientes. Siempre acabo mis charlas recordando una frase de Madeleine Albright, la que fuese secretaria de Estado de Estados Unidos. Decía que hay un lugar reservado en el infierno para aquellas mujeres que no apoyan a otras mujeres. Ahí os dejo una pregunta en el aire para que reflexionéis: ¿Qué haríais si os llama aterrada la nueva pareja del que ha sido vuestro maltratador? ¿La escucharíais, la ayudaríais, le contaríais ante qué tipo de monstruo está o huiríais convirtiéndoos en cómplices con vuestro silencio?

Con esta última reflexión dio por finalizada la conferencia. La respuesta a la pregunta que dejó en el aire yo la tenía muy clara, pese al dolor de años.

—¿Qué harías, Rebeca? —preguntó Carla después, cuando nos fuimos a una taberna cercana a comentar el encuentro.

Estaba agotada, me costaba concentrarme en la conversación tras todo lo que acababa de escuchar. La verdad es que me sentía sobrecogida. Había sido tal el reconocimiento, tal el terror al verme reflejada en todo lo que nos habían contado en el teatro, que simplemente me costaba escuchar a Carla y hablar de todo aquello como si nada. Hice un esfuerzo enorme por responder.

—Mi sentido de la lealtad con el ser humano y mi empatía ante el dolor ajeno son indoblegables —repuse. Aquello sí lo tenía muy claro. No puedo ver sufrir a alguien y no hacer nada. No puedo.

—¿Qué quieren tomar? —El camarero se dirigió a nosotras.

—No sé si tiene Sofros, un vino de Toro, que es mi favorito. Necesito darme un capricho —contesté.

—¿Traigo la botella? —preguntó con picardía.

—No, hombre —respondí—, siempre he sido de costumbres moderadas.

—Rebeca, ¿sabes qué es el proceso del envero en la uva? —quiso saber Carla.

—No. Es la primera vez que escucho ese término.

—«Envero» es el término que se utiliza en viticultura para indicar que la uva ha empezado a cambiar de color y ha entrado en fase de maduración. Y ahí estás tú ahora. Eres una uva cambiando de color.

Brindamos. Por el envero y por todo lo que había descubierto esa tarde en el teatro.

En aquel tiempo

Para que conste a todos los efectos y donde competa:

La pequeña Carmen [apellido del quídam] Agustí acude siempre a clase de robótica acompañada por su madre, que es quien la trae y la recoge. La niña está perfectamente integrada con el resto de sus compañeros y evoluciona favorablemente en los conocimientos de la materia.

Al padre no lo conocemos.

EQUIPO ROBOTIK - I ACADEMY

21

LA SEMILLA DEL BAMBÚ

El bambú tarda siete años en brotar. Durante el séptimo año, en tan solo seis semanas, crece más de treinta metros. Durante los primeros años, que parece que no sucede nada, realmente está generando un fuerte sistema de raíces.

En los últimos años he llenado compulsivamente mi agenda y la de mis hijos con planes para no pensar, para huir y para evitar asumir la tragedia. Pero del dolor no se puede escapar, antes o después te alcanza. Sobre mí cayó de lleno la noche del teatro de Sevilla cuando la idea de muerte y de suicidio me rondó durante horas, tan tentadora como liberadora.

Me obsesioné con que mis hijos no me vieran llorar nunca, no quería que me encontrasen una mañana rota en la cama sin poder levantarme por el dolor y la tristeza. Carla asentía a mi relato, me escuchaba ya con una complicidad más propia de una amiga íntima o de una hermana que de una terapeuta. Hay fronteras que en papel o enmarcadas en una pared tienen sentido, pero trasladas al alma, a la carne, a la confesión, al llanto, se quiebran inevitablemente.

—Sí, me empeñé en hacer lo de «la vida es bella» todo el tiempo, pensando que así, además, anestesiaba a mis hijos —le dije a Carla días después del teatro.

—Emprendiste una huida hacia adelante, Rebeca. Pero los duelos no se pueden eludir. Como mucho, se aplazan.

Y que tus hijos te vean llorar también es bueno. Les enseñas la normalidad de asumir sus sentimientos y aceptar con naturalidad cómo puedan sentirse en cada momento.

—Tienes razón. He tenido que hacer un largo recorrido de aprendizaje. Ahora, en la soledad y el silencio que encuentro en la escritura, sí consigo cicatrizar mis heridas. Es una labor de tiempo y le dedicaré el que haga falta. La vida me lo ha puesto muy difícil.

—Ahora busca en tu interior. Reconstruye a la Rebeca niña a la que tanto han herido, encuéntrate con ella y háblale con amor —me animó Carla con dulzura.

—El que sabe amar es feliz. Leí el otro día esta frase de Herman Hesse y me la apunté.

—Me encanta la idea. Puedes empezar a recopilar frases y reflexiones positivas, ayudarás a tu mente a ir liberándose de lo tóxico. Y te contaré algo que yo hago muchas noches antes de acostarme. Compré hace tiempo un cuaderno y lo llené de…

Gracias por…

Gracias por…

Gracias por…

Gracias por…

Antes de acostarme relleno varios de estos puntos suspensivos agradeciendo todas las cosas buenas que me ha dado ese día o los anteriores o mi vida en general. Es un ejercicio que me ayuda mucho porque pongo mi atención en priorizar las cosas buenas.

Cuando salí de la consulta, fui directa a comprarme un cuaderno. Cada vez que me siento mal releo todas las gracias que llevo escritas y siempre incluyo alguna más. Lo he llamado mi cuaderno-bambú porque siento que el dolor de estos años también me ha hecho desarrollar un fuerte sistema de raíces.

Unos días después de la sesión con Carla llevé a los niños al teatro para ver *La historia interminable*. Cuando nos dieron los programas, Carmen, que era siempre la más pizpireta y atrevida, intentó leer con su media lengua de trapo la frase de Michael Ende que venía en el folleto de presentación. Como no pudo terminarla ni entender lo que ponía, me la dio a mí y la leí en voz alta.

—«En el mundo hay miles y miles de formas de alegría, pero en el fondo todas son una sola: la alegría de poder amar» —pronuncié con especial énfasis la última palabra.

—¿Eso qué significa, mamá?

—Pues que la energía más importante que mueve el mundo es el amor. No es fácil llegar a darse cuenta de eso, hija, cuando muchas personas viven obsesionadas con tener un coche más caro, una casa más grande, hacer un viaje más lujoso o llenar su armario constantemente de ropa innecesaria —le expliqué despacio—. Frente a todo eso, la energía fundamental que mueve todo, que arregla todo y que todo lo cura es el amor. Y, por eso, ¡yo os quiero tantííííísimo!

Comencé a besarlos y ellos se reían ajenos a la dureza de los últimos años.

Cuando se levantó el telón, se limpiaron las marcas de mi pintalabios.

—¡Qué asco, mamá! Mira cómo nos has dejado —se quejó José Manuel, siempre el más serio de los tres.

«Es como un señor, pero en pequeñito», pensé con ternura.

—Es una marca de amor para recordarte que siempre estaré a tu lado.

Empezó a sonar la inconfundible melodía de «Neverending Story».

—El amor es como esta canción, una historia interminable —añadí.

La pequeña Lucía dijo que ella no se quitaba la marca de mi pintalabios.

—*Pada sempe* —prometió sonriendo con sus mofletes sonrosados y carnosos.

Lucía era una niña diferente. Yo la llamaba la niña de las estrellas. Si la hubiese conocido Brian Weiss seguramente diría que era un alma vieja con varias encarnaciones. Yo sentía que nos miraba siempre con un entendimiento y una sensibilidad superiores. Todos los meses llevaba a los niños al teatro y siempre me daba cuenta de cómo ella observaba todo aquel mundo mágico con una sabiduría distinta.

Me pasé toda la función llorando. Tenía muchas lágrimas atrasadas. Los niños no me vieron, fascinados como estaban por el espectáculo.

«Como tenga que llorar todo lo que no he llorado en estos años, me va a dar para muchas obras de teatro —pensé divertida y con alivio—. Además, llorar libera cortisol, así que voy a llorar hasta de alegría», me prometí al fin.

Una tarde, unos días después del teatro, me llamó Carla para proponerme que saliéramos juntas a pasear por el campo. La dureza de aquellos años había creado también otros lazos entre nosotras y nos habíamos hecho amigas. Acepté enseguida. Además, notaba que estaba entrando en una nueva etapa de mi vida, más tranquila, más armónica, más feliz. Leer aquellos libros, entender la muerte desde otra perspectiva menos dolorosa, asistir a las charlas sobre narcisistas que tantas herramientas me dieron, meditar, practicar el silencio y la soledad, rodearme del cariño de los míos... Todo ello me estaba ayudando a restañar las heridas de la Rebeca niña.

—¿Nos hacemos un Da Vinci esta tarde, Rebeca?

Habíamos acuñado este término porque ella había leído un libro donde se decía que el genio florentino del Renacimiento salía a pasear por el campo cada vez que necesitaba inspiración. En la naturaleza estaban todas las respuestas. Así que nosotras empezamos a emprender rutas campestres, felices con la amistad que habíamos forjado aquellos años difíciles.

—Eres la persona más armónica que conozco, Rebeca —me dijo aquella tarde—. El sufrimiento que casi acaba contigo te ha hecho encontrar respuestas, asideros y el sentido de la vida.

—Que tú me lo digas, como psicóloga, me emociona.

Y como la persona que mejor conoce cómo ha sido todo este proceso. Yo también lo siento. Siento que he encontrado las respuestas a las dos preguntas fundamentales: para qué he venido y qué amo. A partir de esos dos pilares se construye todo lo demás.

Sin darme cuenta, había vuelto a llorar. Y me alegraba. Corté algunas de las primeras margaritas que, osadas, habían retado al final del invierno y habían florecido antes de tiempo. Le hice un ramo a Carla.

—Como agradecimiento, por tu apoyo fundamental, por convertirme en la persona armónica que soy ahora —le dije también divertida. Aquello de ser armónica me gustaba y me enorgullecía.

Mientras hacía, decía y pensaba todo aquello, no dejé de llorar en ningún momento. Cada lágrima era un paso más en el camino. Esta vez en el correcto.

Seguí llorando el resto del paseo, que duró más de dos horas. Unas veces era un llanto silente, otras plagado de sollozos. Carla seguía a mi lado, acompañándome comprensiva, con el ramo de margaritas prematuras en la mano.

El recuerdo de mis lecturas de Lorca regresó y, citándolo, le dije a Carla.

—«Quiero llorar porque me da la gana». Si lo dijo Federico, yo no tengo nada más que añadir. —Le guiñé un ojo.

Esa tarde lloré por todos los años en los que había sido incapaz de derramar una sola lágrima.

En aquel tiempo

Quídam. Domingo, 8 de abril. 06.25.

Os espera una Semana Santa muy animada. A todas y a todos. Dile a tu abogado que ya os podéis ir preparando para regresar a los juzgados. Me apetece volver a pedir la custodia compartida. Ay, Rebequita, qué caro te va a salir dedicarte a descubrir bragas en los cajones de mis armarios. Ser una bailarina entrometida tiene un precio. Por cierto, la segunda quincena de julio no podré atender a los niños. Tengo un viaje de trabajo a República Dominicana.

22

EL GAMAN

Gaman es una enseñanza del budismo zen. Una palabra japonesa que representa la virtud de actuar con autocontrol y disciplina en tiempos de adversidad. Resistencia estoica. Perseverancia.

Una tarde me llamó mi abogado para hablarme del título habilitante de víctima de violencia de género. Una consideración administrativa y no judicial que se había aprobado recientemente.

—Rebeca, sé que llevas tiempo queriendo evitar pasar por el juzgado y por la vía penal. Sin embargo, este título se otorga sin necesidad de denuncia. Te entrevistas con una serie de equipos psicológicos especializados en maltrato y ellos determinan si eres o no víctima de violencia de género.

La llamada me había pillado por sorpresa en el mercado Antón Martín, donde estaba terminando de ultimar las compras de la semana. Le dije a mi abogado que le llamaba en unos minutos, en cuanto pagara y estuviese tranquila en una cafetería próxima. Era una conversación de las que había que tener en un momento de calma y sosiego y quería entender bien, con exactitud, lo que iba a explicarme. Le devolví la llamada desde la cafetería quince minutos después.

—¿Y no tendría que volver a pasar por un juicio? —le pregunté con inquietud.

—De ninguna forma, Rebeca. Entiendo tus miedos. Esto es un proceso más amable y menos traumático.

Tres semanas después, cuando me recibió la psicóloga especializada en el sistema VioGén, me dejó hablar durante casi cuatro horas. No me interrumpió ni una sola vez. Fue agotador. Yo no tenía ni siquiera muy claro si aquello era violencia de género o si solo le estaba contando la historia de un capullo sin empatía.

—Entras en el sistema, Rebeca. Te llamarán para informarte de los detalles.

—Entonces, ¿eso significa que considera que esto es violencia de género? —pregunté, aún confundida.

—Por supuesto. Si no, no habrías entrado en el sistema para recibir tratamiento y apoyo especializados.

Me quedé tan estupefacta que tuvo que repetirme que ya habíamos acabado y que podía marcharme. Tardé unos segundos en reaccionar hasta que, todavía perpleja, fui capaz de levantarme e irme.

Pasé mucho tiempo recibiendo apoyo psicológico y aprendiendo a reconstruir, querer y cuidar a la Rebeca niña. Me ayudaron mucho a entender lo que me estaba pasando y a ponerle nombre.

Las clases de yoga, las meditaciones guiadas nocturnas, las reflexiones del yogui indio Sadhguru, los vídeos matutinos de Xuan Lan para cuidar también mi cuerpo o el cuaderno-bambú de las gracias. Todo eso terminó de ayudarme a cerrar el círculo.

Y así, poco a poco, y pese a que el acoso no cesó, fui alejándome de la energía tóxica y de la rabia y conectándome a la vibración del amor.

Un día, en el metro, descubrí que en el banco del vagón alguien había dejado una nota:

> Una vez que aprendes a estar solo te vuelves indestructible.

«Otro mensaje del universo», pensé. Y me la guardé en el bolsillo para incluirla por la noche en mi cuaderno de cosas buenas.

Ese día, antes de acostarme, le eché un vistazo rápido a Instagram para desconectar y descubrí que un amigo había colgado una reflexión con otra de aquellas palabras mágicas que yo había empezado a recolectar para el bambú resistente de mi inseparable cuaderno: «gaman», una enseñanza del budismo zen que representa la resistencia estoica y la perseverancia en tiempos de adversidad.

La anoté despacio, deleitándome en los detalles de la caligrafía. Había descubierto dos cosas con las que había aprendido a identificarme: era envero y era gaman. Me gustó ser ambas cosas.

En aquella época, tal vez fruto de la causalidad, conocí a un prestigioso abogado penalista. Una tarde lluviosa de primavera, en una cafetería a las afueras de Madrid, le conté mi historia.

—Rebeca, es importante que aprendas a bailar bajo la lluvia.

—Siempre me ha gustado mojarme cuando llueve —le respondí divertida.

—Pues ahora ponlo en práctica. —Sonrió.

—Está bien, me haré un Gene Kelly. —Le guiñé un ojo—. Aunque te confieso que yo siempre he sido más de Fred Astaire, que se parecía a mi abuelo Paco.

Salí de la cafetería y no saqué el paraguas del bolso. Mi casa estaba a unos minutos andando. Me puse en los cascos «Singing in the Rain» y, bailando bajo la lluvia, me fui.

Aquel abogado, sin saberlo, le había dado nombre al siguiente capítulo.

Pero lo que ninguno de los dos sabía es que aquel había sido el primero de los muchos encuentros posteriores que tuvimos.

Por aquel entonces

QUÍDAM. Martes, 16 de julio. 05.14.

Nunca fuiste más que un florero con dos piernas de palo que se creyó bailarina. Un florero. Nada más. Un florero de esos que queda aparente en una mesa con invitados, pero dentro de ti no hay nada. Todo está vacío, sucio y enfermo. No eres nada. Nunca lo fuiste y nunca lo serás.

23

APRENDIENDO A BAILAR BAJO LA LLUVIA

Una injusticia hecha al individuo es una amenaza hecha a toda la sociedad.

Montesquieu

A Gema la conocí en el CAPSEM, el centro de atención psicoeducativa para mujeres e hijos de víctimas de violencia de género. Yo acababa de llegar y ella llevaba ya varios años recibiendo apoyo y tratamiento. Me gustó desde el primer día. Era alta, fuerte, morena y guapa. De modos rudos y mirada sincera. Le noté esa dureza de mujer curtida a base de golpes. En su caso, según me confesó luego, fueron solo psicológicos, como los míos. Su maltratador nunca le pegó. A Gema le costaba sonreír, nunca la vi maquillada y llevaba siempre su lacia melena oscura recogida en una coleta. Daba la sensación de mujer educada en la sobriedad militar.

Tras una de las sesiones de terapia grupales la invité a tomar un café. Sabía que unos días antes había estado en el juzgado y quería que me contase su historia y su experiencia.

—Me ha costado mucho, infinito, presentar esta denuncia, Rebeca. Es muy difícil reunir el valor necesario para sentarse en un banquillo, contar unos hechos que a mí me siguen sangrando ante unos desconocidos que, lamentablemente, muchas veces no tienen ni la preparación ni la empatía suficientes como para juzgar con rigor y veracidad lo ocurrido y el dolor acumulado de tantos años —afirmó con entereza.

Gema era policía, como su maltratador; trabajaba en el cuerpo desde hacía varias décadas, como su maltratador, y tenía con él una hija de ocho años. Antes de ingresar en el cuerpo, Gema había estudiado también Filología Hispánica.

—Estoy escribiendo un diario denuncia. Es decir, un diario en un formato muy narrativo y que explica perfectamente cuanto ocurrió en la sala de vistas. Lo de diario denuncia lo entenderás cuando lo leas. Aún me cuesta hablar de ello. Lo he escrito porque quiero que mi hija, si el día de mañana no estoy, pueda conocer la historia de su madre y lo mucho que sufrió y que luchó. ¿Quieres leerlo? —preguntó mirándome a los ojos.

Yo también le caía bien. Lo notaba, pese a sus formas rudas y distantes.

—Por supuesto, me encantará —respondí, emocionada—. Te parecerá increíble, pero yo también estoy escribiendo un libro para sanarme, para que mis hijos también puedan saber el día de mañana y para tratar de ayudar a tantas mujeres silenciadas.

Aquella confesión y coincidencia emocionó a Gema. En sus ojos pude ver cariño, reconocimiento y emoción.

—Qué casualidad. Mañana seguimos hablando, que tengo que ir a recoger a mi hija. Te mando mi diario denuncia esta noche por e-mail.

Y se fue rápido, no sin decirme antes que quería hacerlo público en el taller de terapia grupal de la siguiente semana en el CAPSEM.

Esa misma noche comencé a leer el diario de Gema.

Era un jueves frío de invierno en Madrid, acabábamos de estrenar el año y, después de meses recabando pruebas, decidí que era el momento. Había elegido aquel jueves de Navidad porque mi hija Sofía estaba esa semana de vacaciones conmigo. Junto a ella me sentía más fuerte.

Mi abogado y yo llegamos con tiempo al juzgado de violencia de género. Quedamos en la cafetería de enfrente, uno de esos lugares de paso puestos sin cariño ni calor. ¡De cuántos dramas como el mío habrán sido testigo aquellas mesas, cuántos ceniceros desbordados de colillas para apaciguar la ansiedad!

En el telediario los periodistas destripaban dramas nacionales e internacionales, pero yo los escuchaba como si de un rumor muy lejano se tratase. A mí, aquel jueves, lo que me removía era mi drama. Mi cuerpo hizo frontera con todo porque ese día no podía encajar más dolor que el mío.

El aroma del té blanco me ayudó. Lo inspiré con fuerza. Mi abogado pidió un descafeinado de máquina. Busqué su mirada intentando encontrar respuestas y algo de consuelo. Llevaba conmigo tantos años que ya nos entendíamos sin hablar.

—Tengo dudas, Gema. Tengo dudas de presentar ahora esta denuncia y que nos la archiven.

—Lo comprendo, Roberto, pero si a partir de ahora vuelve a producirse algún acoso o amenaza nosotros ya habremos acudido a pedir auxilio judicial y, desde este momento, todo lo que pueda ocurrir será responsabilidad de este juzgado.

Así me lo había explicado meses atrás un juez de lo penal.

Salimos de la cafetería. Enfilamos despacio el camino hasta los juzgados. Al entrar, me impresionó la cantidad de mujeres que también habían acudido a presentar una denuncia.

Tantas historias como la mía. También pensé que, como mi exmarido no me había pegado, ni llegaba con un parte de lesiones ni con dos costillas rotas y un ojo morado, iba a ser mucho más difícil demostrar mi maltrato. Los míos eran golpes al alma, más difíciles de evaluar y también mucho más dolorosos y perjudiciales en el tiempo.

Aquello me pareció un delirio de idas y venidas, de voces de abogados, procuradores, personal del juzgado y papeles que pasaban vertiginosamente de unas manos a otras. Un escenario tristemente absurdo y circense que me dejó perpleja. Me impactó aquel caos organizativo y la poca profesionalidad de no separarnos en la sala de espera. Al poco de llegar, se abrió una puerta y aparecieron mi exmarido y su abogada.

Se sentaron enfrente y juntos empezaron a leer nuestra denuncia. No quise mirar y me senté en un banco alejado dándoles la espalda. En aquel momento, yo no sabía que estaba prohibido por ley que víctima y maltratador coincidiesen. Mi abogado los observaba en la distancia y me iba narrando lo que hacían.

Me dijo que, mientras leían nuestra denuncia, ella le señalaba algunos párrafos y ambos se reían. En un momento dado, mi maltratador llegó incluso a darle un beso en la mejilla mientras compartían una complicidad incomprensible en un lugar con tanto dolor. Me resultaba increíble el comportamiento de aquella mujer que se presentaba como abogada.

Así debieron pasar más de veinte minutos cuando por fin una de las trabajadoras del juzgado se dio cuenta de que denunciantes y denunciados compartíamos sala de espera y sacaron de allí a los hombres. Ahí empecé a darme cuenta de que las cosas no iban a ser sencillas.

El secretario judicial me dijo que ese día habían tenido veinte juicios. «Es bueno también que las mujeres perdamos el miedo a denunciar», pensé.

En los últimos meses yo me había pasado horas repitiendo como una letanía ante amigas y compañeras de trabajo eso de «tu silencio no te protegerá». Aquellas mujeres del juzgado se habían atrevido a sentarse en un banquillo con el corazón encogido y echarle un pulso a su miedo. Me parecieron unas valientes. Y me alegré por ellas.

Sobre eso deberían reflexionar más en los juzgados de violencia de género. ¿Llegan a comprender cuánto dolor esconde cada historia? ¿Se ponen en la piel de mujeres que llevan el alma o el cuerpo cosidos a golpes y que han logrado reunir el valor para sentar a su maltratador en un banquillo? ¿Entienden el pánico que arrastran tras años de violencia física o psicológica? ¿Saben cuánto les cuesta hacer pública estas historias con la angustiosa incertidumbre del «y si no me creen»?

Ese día descubrí que, muchas veces, no.

Mis padres llegaron justo antes de que mi abogado y yo accediésemos a la sala de vistas.

—Tranquila, Gema. Habla despacio y confía en la verdad y en la justicia —dijo mi padre mientras me abrazada, confiado.

Pero salí rota. Otra mujer que esperaba para entrar me dejó su asiento. La indignación de lo que había vivido dentro me resultó humillante y hasta me costaba tenerme en pie.

El juez no me había creído. Dio la razón a mi maltratador. La fiscala llegó a preguntarme cómo siendo policía iba a ser víctima de malos tratos. Me resultó terrible que una fiscala, supuestamente formada en violencia de género, fuese capaz de formular esa pregunta.

—¿Cuándo dice que él se enteró del título ese que dice que tiene de violencia de género?

Aquello fue lo único que le interesó. Me quedé perpleja. No solo no sabía lo que es el título habilitante de víctima de violencia de género ni lo que cuesta ese reconocimiento (la mujer ha de pasar entrevistas que resultan muy dolorosas con equipos psicosociales y durante varios años), es que, además, lo trataba con desdén.

—El título... ese. Y no hizo más pregunta que aquella.

¿Qué había de los partes médicos y psicológicos que presentamos? ¿Qué había de los mensajes amenazantes e intimidatorios? ¿No le resultaban cuanto menos extraños? ¿Qué había de la orden de protección que llegó a pedir su anterior pareja? ¿Qué había de los mensajes recientes y durísimos que escribió contra nuestra hija Sofía diciendo que sería mejor que la niña no fuese con él durante un tiempo porque no la aguantaba? ¿Qué había de los numerosos testigos que aportamos? ¿Es que no les tomarían declaración? ¿No iban a solicitar a la policía el informe sobre todas las ocasiones en que habían tenido que intervenir en los últimos años?

Después se llevan las manos a la cabeza al conocer los datos de las mujeres asesinadas o los altos índices de suicidios entre las víctimas de maltrato.

Con el juez tampoco fue mucho mejor. Llegué a preguntarme más de una vez a qué partido político votaría. O hasta militaría. Más que funcionarios con vocación de servicio público parecían negacionistas de una realidad que arrasa la vida de infinidad de mujeres. A él también se le pasaron por alto todas las cuestiones que obvió la fiscala.

«El zorro a proteger a las gallinas», pensé en la sala de vistas.

Por mi abogado supe que a mi exmarido el juez apenas le interrogó y, lo más grave, es que dio por buenas sus respuestas. Y así lo resolvió. Sin más. Olvidándose de que una mujer que sufre maltrato tarda hasta una media de ocho años en denunciar, olvidándose de que cuando decide hacerlo necesita ser escuchada con respeto y tiempo, y no interrumpiendo cada respuesta a fin de encontrar los datos que avalen una sentencia que, en mi caso, parecía ya decidida de antemano.

De la sala de vistas salí aún peor de lo que había entrado.

—Tiro la toalla —anuncié a mis padres y a mi abogado—. No tenía que haber venido.

El secretario judicial, la persona de la que mejor trato y más amabilidad recibí aquella mañana, se acercó a hablar con nosotros.

—Por favor, no se agobie. Este es solo el primer paso. Si no está de acuerdo, ahora puede recurrir, y, en segundo lugar, si a partir de este momento ocurre algo, el responsable es este juzgado. Si no hubiese venido y se produjese un episodio grave, usted ya me entiende, dirían que nunca acudió a la justicia. ¿Lo comprende, Gema?

Pero, en ese momento, yo no estaba para comprender nada.

La semana siguiente Gema leyó su diario denuncia en la reunión grupal de mujeres víctimas de violencia de género. Yo no me sorprendí porque ya me había quedado perpleja siete días atrás. Algunas de las presentes rompieron a llorar durante la lectura.

—Esto, a veces, ocurre, compañeras —explicó la terapeuta—. Los tribunales los integran personas que también pueden errar y cada una tiene sus propias convicciones, prejuicios y creencias. La justicia no siempre es infalible ni todo lo justa que desearíamos.

Me acordé de mi abogado penalista, el que me enseñó a bailar bajo la lluvia, y le pregunté a Gema si podía compartir con él su diario denuncia.

—Por supuesto. A ver qué piensa él como letrado especializado.

Quedé con Fran en la misma cafetería de la primera vez.

—¿No te sorprende? —pregunté al finalizar la lectura.

—No. Lamentablemente ocurre. La justicia es humana porque está hecha por hombres y la aplican hombres. No es una institución perfecta, Rebeca.

—Tengo dudas. Como las tenía Gema antes de entrar en la sala de vistas.

—Es lógico —admitió, parco.

Se hizo un silencio. Notaba que él quería que yo hablase más para saber realmente qué pensaba.

—Por un lado, está lo que me dijo la fiscala tras el juicio civil, que vino después a vernos a mi abogado y a mí para recomendarnos reiteradamente abrir la vía penal. Por otro, el secretario judicial informó a Gema de la importancia de denunciar, pese al riesgo de archivo, porque si pasaba algo a partir de ese momento el responsable era el juzgado.

—Creo que te estás respondiendo tú sola, Rebeca.

Se hizo el silencio.

Necesitaba una señal. De esas que la vida me hacía de vez en cuando para indicarme con certeza el camino a seguir. Como una ráfaga veloz pasaron por mi cabeza todos aquellos últimos años de mi vida, llenos de dolor, angustia y sufrimiento.

Recordé cómo regresaban los niños enfermos cada vez que venían de estar con él, la inexplicable muerte de nuestro perro Tauro, los mensajes humillantes, las amenazas constantes, mi soledad en el box de urgencias, la botella de Coca-Cola pegajosa cayendo sobre mi cabeza mientras conducía, el pendrive con los datos bancarios de mi madre, las escrituras de sus casas y la herencia de mi padre, las fotos en hoteles con otras mujeres, los mensajes horribles de aquellas exa-mantes, el no haber pagado ni una sola extraescolar en todos aquellos años o el haberse aprovechado de mi desconoci-miento y fragilidad para no actualizar la pensión con el IPC durante más de un lustro.

Pero lo que con más dolor e impotencia recordé fue aquel riiiiiing obsesivo en el telefonillo de la casa de mi madre, a la que le quedaban pocos meses de vida y que no podía ni levantarse de la cama. Yo no me encontraba en la casa, pero aquel riiiiiing aún lo oigo. Y creo que no dejaré de oírlo nunca.

Despacio, como a golpe de martillo sobre yunque, subí las escaleras del juzgado. Una suave brisa me acarició la melena. En ella, evocadoras e inconfundibles, jugaban a entrelazarse las dos inequívocas fragancias de mi infancia: la intensa fres-cura de la hierbabuena que cultivaba mi abuela lucense y el olor inolvidable de los pinos de la bahía de Alcudia.

A los pocos minutos, una voz y una mano extendida.

—El DNI, por favor.

NO LE TEMO A LO IGNOTO
DEL MAÑANA

Días antes de presentar la denuncia había descubierto que mi vieja maleta de la buhardilla tenía un doble fondo. Con sumo cuidado lo abrí. Ocultaba un sobre envejecido y amarillento. Dentro solo había una hoja con un poema fechado en 1918. Lo firmaba Antonio Agustí Segura, mi bisabuelo, profesor de literatura y masón. Estaba dedicado a su hija Concha Agustí y lo escribió para celebrar su décimo quinto cumpleaños.

No sabía cómo el sobre llegó a la maleta que me regaló mi madre, tampoco si aquella maleta era herencia de mi abuela. ¿Conocía mi madre la existencia de este poema? ¿Lo dejó allí para que un día yo pudiese encontrarlo? ¿O lo guardó mi abuela en el doble fondo antes de morir, siendo yo muy niña, y mi madre nunca lo supo?

Era un poema largo, precioso. Los versos finales me impactaron.

> *Yo que tengo amalgama de gitano,*
> *acaso por el lar en que naciera,*

en la quirología de tu mano
descifrar el Arcano bien pudiera.
Pero no, yo no quiero ceder al maleficio,
que hacer en su tierra de agorero
ha sido siempre deleznable oficio.

No le temo a lo ignoto del mañana
ni me arredran los zarpazos del destino.
Ya tengo en ti, samaritana,
quien me dé de beber en el camino.

Yo había leído mucho sobre poemas premonitorios a raíz del que yo misma había escrito en la adolescencia sobre Sevilla y la muerte, que tanto nos impactó a mi madre y a mí. Aquellos versos finales de mi bisabuelo, sobre agoreros y oficios deleznables, parecían presagiar un destino trágico para su hija, mi abuela Concha Agustí. Como así fue.

Para mi cuaderno-bambú apunté estas palabras: «No le temo a lo ignoto del mañana ni me arredran los zarpazos del destino». Días antes yo había pedido una señal. Ahí estaba.

Al poema entero le di una nueva vida. Lo saqué del doble fondo de la vieja maleta y lo enmarqué, y ahora lo veo sobre mi mesilla cada mañana al despertar.

Antes de terminar de escribir este libro, he querido volver a escuchar en el tocadiscos del salón la música de Alain Barrière. El magnetismo y la sensualidad de «Ma vie» impregnan, de nuevo, cada rincón de esta casa. Fuera llueve. Una de esas lluvias de septiembre necesarias y purificadoras.

Desde el primer compás han regresado mis padres para volver a pasear, de la mano, su amor por la Costa Brava.

Gracias, Brian Weiss, por convencerme de que volverán a encontrarse. De que volveremos a encontrarnos.

Mi abuela Concha Agustí, por fin, descansa en paz. Esperando otra encarnación mejor, más feliz y más justa. Pero, sobre todo, descansa satisfecha y orgullosa de esta novela que, desde la mitad invisible, también firma ella.

AGRADECIMIENTOS

A mis hijas, Carolina y Amanda, mi toma de tierra diaria, mi sentido, mi pasión y mi fin.

A César, sin cuyo quijotismo incondicional y amor constante esta novela no habría sido posible.

A mi familia, la mallorquina y la gallega, que aderezó mi infancia de asideros eternos y aromas inolvidables.

Y a mis amigos, inquebrantablemente leales en los días luminosos y en las profundas tempestades.

ÍNDICE

Este libro
se terminó de imprimir
en el mes
de noviembre de 2023

«Para viajar lejos no hay mejor nave que un libro».

EMILY DICKINSON

Gracias por tu lectura de este libro.

En **penguinlibros.club** encontrarás las mejores
recomendaciones de lectura.

Únete a nuestra comunidad y viaja con nosotros.

penguinlibros.club